L a

在 另 一 种 生 命 里

[法] 马克·李维 —— 著　杨亦雨 —— 译

P r o c h a i n e

Marc Levy

F o i s

湖南文艺出版社
HUNAN LITERATURE AND ART PUBLISHING HOUSE　博集天卷
CS-BOOKY　Laffont / SLA

献给
路易，
献给
我的姐姐洛蕾娜

目 录
Contents

楔子

乔纳森，离别时刻已然临近。幸好有你们，我这个老人的心中才燃起了星星点点的光亮，心情也变得不那么沉重了。

乔纳森：

　　你仍叫这个名字吗？今天我才意识到我是多么无知。自从你离开后，我的心里一直空落落的。当寂寞的阴霾吞噬了我的白昼，我总是仰望天空，继而把目光投向地面。我的心中始终怀着坚定的信念：你一定在世界上的某个地方。我就这样度过了这些年，再没有看到你的容颜，再没有听到你的声音。

　　也有可能，我们曾经交错而过，但未能认出彼此。

　　从你走的那天起，我就没有停止过阅读，我也拜访了无数与你的研究相关的场所。我想通过这种方式来更好地理解和了解你的工作。我感到，随着岁月的篇章一页页翻过，许多印象也渐行渐远，这很像那个可怕的噩梦，在梦里，你每前行一步却又马上会后退一步。

　　我游走于各大图书馆，穿行在这个城市的大街小巷，这是属于我们的城市。在这里，我们分享了自童年以来几乎全部的记忆。昨天，我沿着码头漫步，行走在那条你很喜欢的露天集市的石子路上。我这里停停，那里歇歇，总感觉你好像陪伴着我。之后，我又去了那家港口边的小酒吧，如同以前的每周五。你还记得这些吗？黄昏时分，我们时常在那里碰头。我们互相把对方拖入漫无目的的交谈中，乐此不疲。那些话语从我们的口中蹦出，一如当时我们所共同享受着的激情。我们讨论着那些画作，不理会时间的流逝，正是它们点燃了我们的生活，把我们带回到了其他年代。

天哪，我们那时是多么热爱绘画！我经常翻阅你写的书，在书中，我体味着你的文风、你的品位。

乔纳森，我不知道你现在在哪里，我也不清楚我们一起经历过的种种是否有意义，真理是否存在。如果有一天你看到了这封信，你就会明白：我兑现了我的诺言，那个我对你曾经做出的承诺。

我知道每当你站在一幅画前，就会把手搁在背后，眯缝起双眼，就像你每次吃惊时的模样，然后微笑。如果，正如我所预期的那般，她碰巧在你身旁，你就会把她搂在怀里，然后与她一起欣赏这幅美妙的作品，这幅本该只属于我们的作品，也许，也许，你会记得这一点。如果真是这样，那就轮到我向你提出一些要求，我有充足的理由这么做。忘记我刚才所写的一切，就友谊而言，我们互不相欠。下面就是我的请求：

告诉她，在世界上的某个角落，在一个远离你们、远离时代的地方，我漫步在相同的街道上，和你在同一张桌边大笑，路边的碎石依然还在。告诉她，它们中的每一块都永远记录着我们的故事，我们的双手曾经触摸过它们，我们的目光曾经凝视过它们。告诉她，乔纳森，我曾经是你的朋友，你曾经是我的兄长，可能并不仅仅限于这些，因为我们互相选中了对方。告诉她，什么都没有办法把我们分开，即便是你们如此突然地离去。

分别以后，我没有一天不在想着你们，没有一天不祈盼你们能过上幸福的生活。

从那以后我就老了，乔纳森，离别时刻已然临近。幸好有你们，我这个老人的心中才燃起了星星点点的光亮，心情也变得不那么沉重了。我曾经爱过！是不是所有的人都能在如此美好的状态下离去呢？

当你读完剩下的几行字后，你就会折起这封信，轻轻地把它放到上衣口袋里，然后双手交叉放在背后，开始微笑，正如我在给你写下最后这几个字时一样。我也在微笑，乔纳森，我从来没有停止过微笑。

祝你们生活幸福。

你的朋友：彼得

最后一幅画

它已归来，它就在这里。在这个世界的某一个角落，它守望着你，追寻着你。从此以后，时间对你们来说性命攸关。

"是我，我刚离开斯泰普尔顿，大约在半小时后到你家楼下，希望到时你能在家！该死的电话留言！我马上就到了。"

彼得烦躁地挂断电话，在口袋里摸索着寻找钥匙，找了一会儿才猛然想起，昨晚他已经把它们交给了停车场的管理员。他看了看表，飞往迈阿密的飞机要到黄昏才从波士顿的洛根国际机场起飞。由于现在是非常时期，新的安检条例规定，乘客至少应该提前两小时赶到机场。彼得关上他那间精巧公寓的房门——这是他在金融区租的房子，租期一年——随即转入铺着厚厚地毯的走廊，他接连按了三下电梯按钮，然而，这一不耐烦的动作并没有加快电梯的到来。到了楼下，彼得匆忙地来到大楼看门人詹金斯先生身边，告知他自己将于次日早晨归来。然后在入口处放了包零星衣物，过不了多久，大楼旁的洗衣店便会来取走这包换洗衣服。詹金斯先生把手头正在读的一本《艺术与文化》放到抽屉里，这是本由《波士顿环球报》编印的小册子。他在服务登记簿上记录下了彼得的要求，接着离开桌子，赶在彼得之前为他开了门。

在台阶上，他撑开一把巨大的雨伞，为彼得遮挡外面淅淅沥沥的小雨。

"我已经吩咐人把您的车开来了。"他凝望着阴沉的天色说道。

"你真是太好了。"彼得生硬地回答道。

"您同层的邻居贝特太太最近不在，所以当我看到电梯升到您住的那层时，我推断……"

"我知道谁是贝特太太，詹金斯！"

看门人抬头看着遮盖在他们头顶上的那层灰白相间如纱一般的云雾。

"讨厌的天气，不是吗？"他又开口说道。

彼得没有回答，他讨厌高级住宅区给人们生活带来的某些好处。每次他从詹金斯的桌边经过，总感觉自己的部分隐私受到了侵犯。这个拿着登记簿的男人端坐在他的桌子后面，面朝大门，事无巨细地监控着大楼居民的行踪。彼得深信，他的门房远比他的大多数朋友更了解他的生活习惯。一天，心情不好的彼得通过侧梯溜进停车场，为的是能够从车库的边门抽身离开大楼。回来的时候，彼得趾高气扬地从詹金斯身边经过，后者恭恭敬敬地递给他一把圆形钥匙。当彼得满腹狐疑地看着他时，詹金斯用相当平和的口吻说道：

"如果相反的路径能引起您的注意，那么这把钥匙对您将十分有用。楼梯间里朝外开的门都被反锁了，这把钥匙是解决这个扰人问题的最好方案。"

在电梯里，为了保全面子，彼得没有流露出任何情绪，因为他确信通过监视器的屏幕，詹金斯不会错过他脸上的任何一个表情。六个月后，当彼得和一位名叫泰丽的时髦女演员短暂交往时，他惊奇地发现自己每天都在酒店过夜，因为他情愿住在那平淡乏味的地方，也不愿意看到门房那着迷般的神色，尤其是他早上那始终不变的好心情，更是让彼得觉得受不了。

"我想，我听到了您的座驾发动的声音。先生，您可能不用等很久了。"

"你是通过声音来辨别不同的车子吗，詹金斯？"彼得故意没好气地问道。

"噢！不是所有的，先生，但您不得不承认，您那辆老牌英式轿车在连杆处会发出剧烈的声响，有点类似'嗒嘟嘟'的声音，这时常让我联想到我的英国表兄们那可爱的口音。"

彼得扬了扬眉毛，感到很不愉快。詹金斯是那种希望生来就是不列颠臣民的人，这是他一辈子的梦想，因为在这个继承了英国传统的城市❶，这类出生即象征着一种高贵。停车场的出入口这时射出两道强光，这两道光是由捷豹 XK 140 上那两盏圆形前头灯发出的。停车场的管理员把车停在了台阶中央的白线上。

"可不是嘛，我亲爱的詹金斯！"彼得边高声说着，边挪步来到看车人已为他打开的车门旁。

彼得气呼呼地坐到驾驶座上，故意让车发出很大的响声，然后发动汽

❶指波士顿，早在17世纪，来自英国的清教徒移民就在这里定居，创建了波士顿。

车，并向詹金斯挥手示意。他在后视镜中观察着门房，后者则像往常一样等彼得把车开到路的尽头才转身回到大楼。

"老顽固！你生在芝加哥，你的全家都生在芝加哥！"彼得咕哝道。

他把手机架在汽车仪表盘上，按下存着乔纳森家里电话的按键。随后，他靠近嵌在遮阳板里的话筒喊道：

"我知道你在家！你不知道我对你走漏了消息有多生气。不管你现在在干什么，我再给你九分钟，你最好快点下来！"

他俯身转换了放在手套盒里的收音机的调频。当他重新坐直身子时，发现在相当远的地方，有一个妇人正要穿过马路。再定睛一看，那个妇人由于年事已高，步履缓慢，想快也快不起来。彼得闭上眼睛，猛地踩了下刹车，轮胎在柏油马路上留下了长长的痕迹。当彼得重新睁开眼睛时，车已经停下。妇人依旧平静地挪动着步子。彼得的手仍在方向盘上颤抖得厉害，他深吸了一口气，解开安全带，跳出汽车。他慌忙冲向妇人，忙不迭地道歉，然后扶着她走完了最后一段马路。

彼得把名片递给妇人，再次向她道歉。他使尽浑身解数，肯定地说，这次事故带来的惊吓将会折磨他整整一周。老妇人对他的话感到极其惊讶，她边挥动着白色手杖边安慰他。也许是听力已日渐衰退，当彼得十分殷勤地抓住她的肘部扶她过马路时，她还是被吓了一跳。最后，彼得弹去落在妇人呢子大衣上的一根头发，和她道别，然后重新上路。车里皮座椅散发出的熟悉气味掩盖了他此时复杂的心情。他悠然自得地继续驶向乔纳森家。才到第三个红绿灯，他已经开始轻轻吹起了口哨。

※

　　乔纳森住在老港口的一栋漂亮房子里。他登上楼梯，走到最后一层。靠近楼梯的一扇门敞开着，里面是一间工作室，工作室的房顶是他的伴侣安娜手绘的彩色玻璃窗。安娜·瓦尔顿和他是在某个艺术展览的开幕晚会上相识的。一位富有却低调的女收藏家出资展出了安娜的作品。在细细品画的过程中，乔纳森感到安娜的优雅允盈在她的作品中，无处不在。她的风格正好属于他这个专家的研究范围。安娜的作品很多，他斟酌字句后对它们进行了点评。像乔纳森这般有声望的专家的情愫，自然会触动这个首次办个人画展的年轻女人之心。

　　从那以后，他们几乎再也没有分开过。第二年春天，他们又搬进了这套由安娜挑选的紧靠老港口的房子。那个常伴她度过大半个白天、有时会捎带几个夜晚的房间，被装上了一个巨大的玻璃顶。清晨，阳光照射到房间内，整个工作室都会带点魔幻色彩。地上浅黄色的宽条地板沿着白砖砌成的墙面直至窗口。每次放下画笔后，安娜都喜欢点上一支烟，倚靠在木质的窗沿边，欣赏整个海湾的风景。不管天气如何，她都会拉起吊窗，吊窗配着根麻质绳子，拉起来很灵活。安娜很喜欢闻这股由烟草和海水交织在一起的美妙味道。

　　彼得的捷豹停在了人行道旁。

　　"我想，你的朋友已经到了。"她听见乔纳森来到她身后，说道。

　　他继续靠近，一把将她拥入怀中，把头靠在她的脖子上吻了一下。安娜的身子微颤了一下。

　　"你会让彼得久等的！"

乔纳森把手放到她的棉质连衣裙的领子上，然后顺势伸向她的乳房。楼下汽车的喇叭不停地响着，安娜笑嘻嘻地把他推开。

"那人有点急了，快去开会吧，你走得越早，回来得也就越快。"

乔纳森又吻了她一下，然后倒退着离开。大门一关，安娜就又点了支烟。楼下，彼得把手伸向车外向她打了个招呼，车便开远了。安娜叹了口气，将目光移向了老港口，有那么多国外移民曾在这里靠岸。

"你为什么从来不踩准时间到？"彼得问道。

"踩准你的时间吗？"

"不，是飞机起飞的时间，是人们相约一起共进午餐或晚餐的时间，总之是我们手表上的时间，你却一点都不在乎！"

"你是时间的奴隶，而我会反抗。"

"如果你对你的心理医生说出类似的话，你难道不知道，后面你要讲的话，他肯定一个字也听不进去吗？他会暗自思忖，是不是多亏你，他终将买得起他梦寐以求的跑车或敞篷轿车了。"

"我没有心理医生！"

"你最好重新考虑些事情。你好吗？"

"你呢？是什么让你心情大好？"

"你有没有读过《波士顿环球报》出的那本《艺术与文化》？"

"没有。"乔纳森边回答边看着窗外。

"连詹金斯都读过！我遭到新闻界的狂轰滥炸！"

"真的还是假的？"

"你读过！"

"就一点吧。"乔纳森回答道。

"还在上大学的时候,有天我问你是不是和我当时深爱着的凯西·米勒上过床,你回答我:'就一点吧。'现在可不可以劳驾你为我定义一下你所谓的'就一点吧'的含意?二十年来,我一直在想这个问题……"

彼得敲了下方向盘。

"你有没有看到这个诱人的标题:《彼得·格温近来的拍卖交易令人失望!》,是谁让修拉的作品创下了十年来无人匹敌的历史纪录?是谁把雷诺阿的画卖出了近十几年来的最好价格?是谁成功举办了鲍恩、容金德、莫奈、玛丽·卡萨特等一系列画家的作品拍卖会?又是谁几乎第一个站出来为维亚尔辩护?但你看看他现在开的都是什么价!"

"彼得,你这是自寻烦恼,批评家的工作就是批评,仅此而已。"

"在我的电话留言机上,我在佳士得拍卖行的合伙人留下了十四条忧心忡忡的留言,这才是我烦恼的!"

他在红灯前停下,继续低声抱怨着。乔纳森等了几分钟,转动了收音机上的旋钮。路易·阿姆斯特朗的歌声随即回荡在车内。乔纳森突然发现汽车后排座位上放着一个盒子。

"那是什么?"

"什么也不是!"彼得咕哝道。

乔纳森转身拿起盒子,翻看了下里面的东西,乐了。

"一个电动剃须刀、三件破衬衫、被撕成两半的睡裤、一双没有鞋带的鞋、四封被撕毁的信、一瓶洒得到处都是的番茄酱……你分手了?"

彼得动了动身子,让这个小盒滑到地上。

"你就从来没有不顺的时候吗？"彼得说着，调高了收音机的音量。

乔纳森马上要在大会上做报告，他此时感到越来越紧张，并把这一感受告诉了彼得。

"你没有任何理由怯场，没人难得倒你。"

"就是因为抱着这种想法，人们常常会撞得头破血流。"

"我开车差点出事。"彼得说。

"什么时候？"

"刚才从我家出来的时候。"

捷豹重新启动。乔纳森看着车窗外老港口的古旧建筑接连闪过。他们走了条快道，这条路直接通向洛根国际机场。

"你亲爱的詹金斯还好吧？"乔纳森问道。

彼得把车停在机场值勤人员岗亭对面的那片空地上，然后下车，默默递给他一张票据。乔纳森则从后备厢中取出了自己那个用了很久的包。随后，他们走出停车场，脚步声在空地上发出阵阵回响。安检门的警铃响了三次，彼得在工作人员的要求下解开裤带并脱下鞋子，像往日每次乘飞机一样，他又不耐烦了。他嘴里还咕哝着些不怎么好听的话，负责检查的人员便不由分说地把他的行李翻了个底朝天。乔纳森示意，他会像平常一样在书报亭边上等他。当彼得赶到时，他正沉浸于一本米尔顿·梅兹·米泽洛的书中，一本爵士乐曲选。乔纳森买下了那本书。登机过程顺利无阻，飞机准时起飞。乔纳森谢绝了机上提供的便餐，拉下舷窗的遮光板，打开照明灯，一头扎进他将于几小时后召开的报告大会的笔记中。彼得先是翻看航空公司的杂志，接着是波音737飞机的安全告示，最后是他早就了然于胸的机上商品目录。看完所有这些后，他便在自己的座椅上左右摇晃起来。

"你感到无聊吗？"乔纳森问道，但眼睛并没有离开他正在翻阅的文件。

"我想是的！"

"这正如我刚才所说：你感到无聊。"

"你难道不也是吗？"

"我在温习讲演笔记。"

"你对这位画家的迷恋已经到了痴狂的地步。"彼得说着，又拿起安全告示开始看起来。

"我只是热爱这份事业而已！"

"从你平常的言行来看，就你和这位俄国画家的关系，我还是坚持我的'痴狂论'。"

"弗拉基米尔·拉德斯金在十九世纪末就辞世了，我和他本人没有任何关系，我只是对他的作品着迷。"

说罢，乔纳森又重新埋头笔记中，一时，两人沉默无语。

"我刚才突然有种似曾相识的感觉。"彼得讽刺地说道，"也许是我们已经无数次讨论过这个话题的缘故吧。"

"如果你我志趣不投的话，你坐上这架飞机干什么？"

"第一，我是来陪你的；第二，我是为了逃离同事们的催命电话，自从他们看了《波士顿环球报》的那篇白痴文章以后，便一蹶不振；第三，我很无聊。"

　　彼得说完便从上衣口袋里掏出一支笔，在乔纳森做笔记的纸上画了一个井字格。乔纳森头也不抬地在彼得画的记号旁又画上一个圈。很快，彼得又添上一个叉，乔纳森则在对角线方向又画上了一个圈……

※

　　飞机比原定时间早到了十分钟。彼得和乔纳森没有托运任何行李，一辆出租车载着他们驶向旅馆。彼得瞥了一眼手表，发现离会议开始还有足足一小时。在前台办理好入住手续后，乔纳森便上楼去更换衣服。房间的门在他身后悄然关上。他把包放在窗户对面的桃花心木写字台上，随后一把抓过电话。等安娜接起电话，他便闭起双眼，任由她的声音指引着，就好像在她的工作室里紧挨在她身旁一样。安娜此时靠着窗沿，关上了工作室所有的灯。在她上方，透过那扇硕大的玻璃窗，隐约可见的点点星光宛如白色长绸上的精巧刺绣，其璀璨胜似城市中的万家灯火。远处港口的浪花不时地拍打着老旧的方砖，这些砖的边缘都是由铅条镶嵌成的。自从他们有了结婚的打算，安娜总在疏远乔纳森，就好像某个脆弱装置上的齿轮发生了故障一样。开始几周，乔纳森把这一距离归因于她对迈入新生活的恐慌。然而，事实上没有谁比安娜更期待这场婚礼了。他们居住的城市和他们身处的文艺圈一样保守。经过两年的共同生活，确实该为他们的结合给出一个官方解释了。在每次的高档酒会、开幕仪式或高级拍卖会上，波士顿上流社会的所有面孔都会心照不宣地暗示这件美事。

　　乔纳森和安娜在社会压力面前败下阵来。这对光鲜人物的结合其实也是乔纳森事业成功的保障。在电话的另一头，安娜默默无语。他聆听着她的呼吸，猜想着她的姿势。安娜把修长的手指伸进自己浓密的头发。乔纳森再次闭上眼睛，感觉简直可以触碰到她的肌肤。黄昏时分，她身上的香水味夹杂着屋里的木头味，弥漫在工作室中的各个角落。他们的谈话止于沉默，乔纳森放下电话听筒，重新睁开了双眼。窗下，车流在一条红色车带上不断延伸。乔纳森突然感到很寂寞，每次出远门他都会有这种感觉。他不由得叹了口气，心想怎么会接受这次会议邀请。过了不久，他打开手提箱，选了一件白色衬衣。

乔纳森在走进大厅前深吸了一口气。观众用热烈的掌声欢迎他，他们随即便隐匿在半明半暗的灯光中。他在一张铜制的桌子后坐下，桌上摆放的一盏小灯照着他的讲义，他就像是剧场里那个捧着台词的人。乔纳森对讲稿烂熟于心。他今晚介绍的弗拉基米尔·拉德斯金的第一幅作品，已经投射在他背后的巨型屏幕上。他选择用倒序的方式来介绍这位俄国画家的作品。首先出现的是一组以英国乡村为题材的作品，那是拉德斯金生前最后的画作，之后他便被一场疾病夺去了生命。

拉德斯金是在房间里完成他最后的作品的，因为当时他的健康状况已经不允许他外出，他也正是在这间屋子里安然离世，享年六十二岁。他曾为爱德华·兰顿爵士画过两幅肖像，一幅是全身立像，另一幅是他坐在一张桃花心木桌子后的样子。这两幅画像可以说明，这位出名的收藏家和商人曾一度是弗拉基米尔·拉德斯金的庇护人。在另外十幅画中，画家凭着敏锐的艺术嗅觉，生动地描绘了十九世纪末伦敦市郊穷人们的苦难生活。最后介绍的十六幅作品使乔纳森的讲演渐入佳境。虽然连他自己也不能确定这些作品的所属年代，但他知道它们都被归于画家在俄国度过的青年时代。前六幅描绘宫中达官贵人的画作甚至得到了沙皇本人的首肯。后十幅作品描绘的则是大众的疾苦，灵感来自青年艺术家自己。这些街道的景象正是拉德斯金后来被迫流亡的原因，他不得不迅速并且永远地离开自己的家乡。事情的原委是这样的：沙皇曾经在圣彼得堡艾尔米塔什博物馆的私人画廊中为弗拉基米尔举办过画展，而后者展出了一些出乎沙皇意料的作品。沙皇看后勃然大怒，他不能容忍画家如此精细描绘的竟是百姓的疾苦，而非他的卓越统治。据说，当宫中一位负责文化事务的顾问问起他这样做的原因时，弗拉基米尔回答说，如果人们在追求权力时遵循的是欺骗的原则，那他在作画时遵循的准则恰恰相反。

艺术，在其岌岌可危之时，常常会变得更加动人。难道俄国人民的困窘不比沙皇本身更值得被描绘吗？这位宫廷顾问一向十分敬重画家本人，此时不禁怀着沉重的心情向他致敬。在堆满珍贵手迹的图书馆里，顾问打开一扇秘密房门，让这个年轻人趁密探还未搜捕他之前赶快离开。他对弗拉基米尔的帮助也只能到此为止。画家随即登上曲折的楼梯，穿过一条昏暗狭长的走廊，这条走廊简直如同通向地狱的小径。他的双手被粗糙的壁面划出道道伤痕，而他只能依靠它们在黑暗中辨别方向。他朝着皇宫西面前行，穿越不得不躬身而过的地下通道以及潮湿的地窖。一些斯拉夫老鼠和他擦肩而过，时而表现出浓厚的兴趣，紧紧地贴着这个闯入者，然后便会尾随着他，并开始咬他的脚踝。

夜幕降临时，弗拉基米尔回到地面上，在一辆小推车上找到了安身之处。他躲在被皇帝的御马踩烂的一堆稻草中等待着破晓时分，并想借助早晨的纷乱逃离皇宫。

弗拉基米尔所有的画作都在当天下午被查封。沙皇的一位顾问召开了盛大的晚宴，这些作品被当作供给壁炉的燃料全都被烧毁。这个盛宴持续了四小时。

　　午夜时分，宾客们全都拥向窗边，因为在宫殿的庭院中，将有一场为他们特别奉上的演出。隐匿在草堆中的弗拉基米尔则将见证一场谋杀。他的妻子克拉拉于当晚被捕，只见她被两个卫士押送到行刑的地方。从她出现在庭院的那一刻起，她就始终仰望着星空。十二支步枪同时举起。弗拉基米尔祈求上天，希望她能转过头来，再最后凝望自己一次。但她并没有这么做，只是深吸了一口气。十二支步枪同时发射，她双腿跪地，遍体枪伤的躯体倒在被鲜血染红的雪地上。爱情的回声穿过墙沿，留下的是一片寂静。弗拉基米尔痛苦极了，他这才发现原来生命比艺术更加有力，因为再完美的色彩搭配也无法诠释他此刻的痛楚。那天晚上，桌上流淌的葡萄酒对他来说就像是浸染了他亡妻克拉拉的鲜血。这股红色的涓涓细流染红的不仅是白色的外衣，更是那些荒凉石路上的铭文。它们就像一个个黑点，深深地镌刻在了画家的心中。就这样，弗拉基米尔一直在记忆中留存着他最美的作品构思，并于十年后在伦敦将它完成。在流亡期间，他把在俄国创作的作品逐一进行了修改。自此以后，他再也没有画过任何女性的躯体或面容，人们也再没有在他的任何一幅作品中看到过一抹红色。

　　最后一张幻灯片在屏幕上消失。乔纳森向听众致谢，人们则报以热烈的掌声，以此表示对他发言的肯定。这些掌声让低调的他感到无所适从，觉得它们如同担子一般压在他的肩头。他弯腰轻抚讲稿的封面，用手指比画着弗拉基米尔·拉德斯金这几个字母，低声说道："伙计，他们是在向你致敬。"随即他拿起包，脸涨得通红，用略显笨拙的手势最后一次向听众致意。大厅里，一位男士站起来叫住了他，乔纳森下意识地抓紧了手上的包，并再次面朝听众。那位男士用清澈的声音开始自我介绍。

"弗朗茨·贾维斯，来自《艺术与时事》杂志。加德纳先生，迄今为止没有一幅弗拉基米尔·拉德斯金的作品在大型博物馆展出过，你觉得这点正常吗？你是否认为那些博物馆的馆长把他忽略了呢？"

乔纳森靠近话筒，开始回答记者的提问。

"我一生中有很大一部分时间是致力于让公众了解并且认同他的作品。拉德斯金是位很伟大的画家，但正如其他许多画家一样，他并没有得到那个时代的赏识。他从未刻意去讨好，真实是他作品的核心。弗拉基米尔努力描绘希望，他只对人性中的真实一面产生兴趣。凡此种种，时常导致他的作品得不到评论界的好评。"

乔纳森重新抬起头。他的目光突然飘向远方，仿佛被另一个时代、另一个地方所吸引。他不再怯场，话语自然流淌，就好像画家附到了他的身上，重新站在画架前开始作画。

"请看他画的这些脸庞、他上的这些颜色，以及他笔下人物彰显出的宽大和谦卑。我们从来看不到一个隐秘的手势、一个欺骗的眼神。"

大厅中一片寂静，一位女士站了起来。

"西尔维·勒鲁瓦，来自卢浮宫的法国博物馆文物研究与修复中心。传说从未有人看到过弗拉基米尔·拉德斯金最后的画作，这幅作品至今仍下落不明。你怎么看这件事？"

"女士，这并不是一个传说。在一封写给亚历克西斯·萨夫拉索夫的信中，拉德斯金提到过，虽然病魔把他折磨得一天比一天衰弱，但他着手开始创作自己一生中最美的作品。有一次，亚历克西斯·萨夫拉索夫写信询问他的健康状况，顺便问起他的创作进度，弗拉基米尔答道：'完善这幅作品是我抵抗病痛折磨的唯一药物。'弗拉基米尔·拉德斯金在完成这幅作品后便去世了。而这幅画在1868年，也就是画家逝世后的一周年，在伦敦一次享有盛名的拍卖会上神秘消失。"

乔纳森解释说，也许是过于珍贵的缘故，这幅画在最后一刻被撤出竞拍。另一点让他不解的是，当天弗拉基米尔·拉德斯金的作品竟然没有找到任何买主，家也在很长的一段时间内无人问津。乔纳森和很多人一样，认为弗拉基米尔无愧于那个时代最重要的画家，他们都为这个不公的事实扼腕叹息。

乔纳森继续说道："一个丰富的灵魂总会招来同辈人的嫉妒与鄙夷。有些人只会在死亡中找寻到美丽。但是今天，时间再也主宰不了弗拉基米尔·拉德斯金。艺术源于情感，这就是为什么它能超越时间，获得永生。其实，他的大部分作品常在小型博物馆中被展出，或被一些私人收藏家所珍藏。"

另一个人又接口问道："据说在他的最后一幅作品中，拉德斯金违背了他给自己设下的禁令，首创了一种特别的红色？"

整个大厅都像是在等待乔纳森的回答。只见他两手交叉放到背后，眯起眼睛，然后重新抬头。

"正如我之前所说的，这幅画在与公众见面之前便突然消失了。直到今天，仍没有人证实看到过它。自开始从事这一行以来，我自己也一直在追寻它的踪迹。我发现，只有弗拉基米尔·拉德斯金和他的同行亚历克西斯·萨夫拉索夫之间的通信，以及当时的一些新闻报道能够证明确有这幅画存在。保守地说，其他关于这幅画的主题和构思方面的论断都纯属传言。谢谢。"

听众再次为他鼓掌，乔纳森匆忙走向讲坛的另一端，消失于后台。等候在那里的彼得拍了拍他的肩，向他表示祝贺。

※

临近黄昏，四千六百名与会者陆续离开了迈阿密会议中心的大厅。人流分散开来，涌向各类酒吧和饭店。詹姆斯·耐特国际中心占地两千七百平方米，通过一道露天天桥走廊和凯悦酒店相互连接，酒店拥有六百套客房。

距乔纳森讲演结束已有一小时。彼得一直在用手机通话，乔纳森则坐在吧台旁的高脚凳上，他点了一杯"血腥玛丽"，解开了衬衫领口上的扣子。在昏黄的灯光下，一个上了点年纪的钢琴师在酒吧尽头演奏着一首查理·哈登的曲子。乔纳森看着那个为他伴奏的低音提琴师。只见他把乐器紧贴自己的身体，轻声告诉它每个将要演奏的音符。很少有人会注意他们，其实他们的演奏堪比天籁之音。看着他们演奏的样子，人们很容易联想到他们一定是配合了很久。乔纳森站起身来，把一张十美元的纸币放在一只搁在施坦威牌钢琴上的杯子里。为表示感谢，那个提琴师拨动琴弦，提琴发出一记沉闷的响声。当乔纳森回到吧台时，杯子里已不见了十美元的踪影，然而人们丝毫也没有察觉出他们漏掉了任何音符。一个妇人在他身旁的高脚凳上坐下，他们礼貌地相互致意。她银白色的头发很快让乔纳森想到了自己的母亲。人到了一定年纪，记忆中父母的形象就会保持不变，仿佛我们对父母的爱不容许我们再去回忆他们更苍老的样子。

她倒着看了一眼乔纳森外衣上还未摘去的挂牌，知道了他的名字和美术专家的身份。

"哪个时代的？"她问道，以此作为初次搭话的开场。

"十九世纪。"乔纳森回答道，同时举起了杯子。

"那是一个美妙的时代。"妇人边说边呷了一口侍者刚给她倒上的威士忌，"我的研究也主要致力于这一时期。"

乔纳森感到很惊讶，现在轮到他俯身查看妇人挂在脖子上的牌子了。挂牌上依稀可见她参加的是关于神秘学的专题讨论会。乔纳森不由得微微摇了摇头，流露出诧异的神色。

"你一点都不像是研究占星术的人，不是吗？"她的邻座问道。

她又喝了一口酒，继续说道：

"我向你保证，我确实不谙此道！"

她转动椅子，把手伸向他，一枚罕见的钻石戒指戴在她的无名指上。

"这颗钻石的形状是不规则的。"她说道，"这远比它实际的克拉数更值得引起关注。这块宝石是祖辈留下来的，所以我很珍惜它。我是名教授，在耶鲁大学有自己的研究实验室。"

"你主要研究些什么呢？"

"一种综合征。"

"一种新的疾病？"

妇人满脸狡黠，安慰他道：

"它又叫'似曾相识'综合征！"

这个问题一直吸引着乔纳森。他对现在正在经历的事情有种"似曾相识"的感觉，所以对此并不感到陌生。

"我听说是我们的大脑最先预测到未来。"

"恰好相反，这是记忆的一种表现形式。"

"如果我们没有经历过，又怎么会有相关的记忆？"

"谁说你就一定未曾经历过？"

她开始向他讲述起过往的生活，乔纳森几乎是带着一种嘲弄的神情听着。那个妇人退后两步，上下打量起他来。

"你的眼神很特别。你吸烟吗？"

"不。"

"我猜也是，烟味会妨碍你吗？"她边问边从口袋里掏出一包烟。

"不会的。"乔纳森答道。

他拿起放在吧台上的一包火柴，划了一根，递给她。烟被点燃了，火苗随即熄灭。

"你教书吗？"他又问道。

"我现在还会在一些阶梯教室里开课。对了，你既然不相信以前的生活，为什么还要致力于十九世纪的研究？"

乔纳森像是被触到了痛处，他思考了一会儿，转向她。

"我和那个时期的一位画家保持着一种近乎激情的关系。"

她咬碎了含在齿间的冰块，目光移向了那些堆满酒瓶的架子。

"人们怎样才能对以前的生活产生兴趣？"乔纳森又开口道。

"看着自己的手表，并希望了解到更多的信息。"

"这正是我拼命想让我最好的朋友理解的一点。其实我从来不戴手表！"

妇人凝望着乔纳森，这让他感到很不自在。

"我请求你原谅，我并没有嘲笑你的意思。"他说道。

"很少有男人会主动道歉。你在绘画界具体做些什么？"

烟灰像是很快就要落在吧台上，乔纳森把烟灰缸移放到对方的食指位置。

"我是鉴定专家。"

"那么，你的职业可以让你旅行。"

"实在太多了。"

银色头发的妇人用手指轻拂她手表的表蒙子。

"时间也在旅行。它不断地更迭地点。只有在我们国家，你才能看到四种不同的时间。"

"我受够了这些时差，我的胃也是。有些时候，我不得不在晚饭时间享用我的早餐。"

"我们对时间的感知是错误的。时间其实是个充满了能量粒子的维度空间。每种类别、每个个体、每颗原子都会以不同的方式来穿越这个空间。我今后也许能够证明是时间容纳了宇宙，而非宇宙包含了时间。"

乔纳森很久都没有碰到过一个如此充满激情的人，他很乐意被这样的谈话所吸引。那个妇人继续说道：

"我们也曾经相信地球是平的，是太阳在绕着我们转。大多数人仅仅满足于他们所看到的。有一天，我们终将理解时间和地球一样，是在不停地转动和扩大的。"

乔纳森有点不知所措。为了掩饰心情，他翻了一下上衣口袋。银白头发的妇人靠近他说道：

"当我们能够重新挑战既定的理论时，我们对生命相对而真正的期限就将了解更多。"

"这就是你所教授的内容吗？"乔纳森边问边不由得稍稍向后退了几步。

"看看你的样子！你一定不难想象，如果我把我的研究成果传授给学生，他们脸上将会是何样表情。我们总是很害怕，因为我们还未做好准备。我们其实和先祖一样无知，认为所有超过和妨碍我们知识框架的事物都是超自然或艰涩的。我们热衷于研究却害怕发现。我们依靠信念来回应恐惧，这种做法有点像以前的海员。他们拒绝环游世界，因为他们确信：一旦远离他们熟悉的环境，世界将深陷于一个无尽的黑洞。"

"我的职业也很具有科学性。时间侵蚀着画作，使其产生很多肉眼看不到的变化。你一定想象不到，我们修复一张画作时会发现多少奇妙之物。"

那个妇人突然一把抓住他的手臂，面色凝重地注视着他，蓝色的眼睛闪耀着光芒。

"加德纳先生，你完全没有理解我话里的意思。我本来不想说那么多，但只要一谈论这个话题，我就会变得滔滔不绝。"

乔纳森示意服务生过来，让他再为这位女士斟上点酒。妇人低垂眼睑，静静地看着服务生的一举一动。琥珀色的液体在水晶瓶子里盈盈流动。她摇了摇杯子里的碎冰，随后一饮而尽。看到乔纳森好像有意要继续谈话，她便继续说道：

"我们还在等待一批新的开拓者，一群时代的过客，就像以前的麦哲伦、哥白尼和伽利略一样。我们可能会把他们的理论视为歪门邪道，甚至嘲笑他们，然而真正能引领我们揭秘宇宙、还原人类灵魂的只有他们，别无他者。"

"对一个女学者来说，这些话倒很新鲜。看来，科学和灵性果真不相容。"

"请收起这些陈词滥调吧！信仰和宗教有关，而灵性来自意识，不论你是什么样的人或自认为是什么样的人。"

"你真的认为灵魂在人死后还会继续跟着我们？"

"肉眼看不到的事物，并不表示它已经消亡了。"

谈到灵魂，乔纳森不由得想到一个俄国画家的灵魂寄住在他身上已很久了。这要追溯到某个下雨的周日，父亲带着他来到博物馆。在宽敞的展厅里，一幅弗拉基米尔·拉德斯金的画作霎时征服了他。这份瞬间的感动不仅开启了他的青春大门，更是永远定格了他的人生轨迹。

妇人凝望着他，蓝色的眼睛变成黑色，乔纳森感觉她在考量他。她不再看他，把目光投向杯子。

"所有不能反射光线的事物都是透明的。"她用略带沙哑的声音说道，"但它们也真实地存在着。比如一旦生命离开人体，我们就再也看不到它了。"

"我想说在周围一些人的身上，我也常看不到生命的活力。"

妇人微微一笑，继而沉默。

"所有的事物都有凋零的一天。"乔纳森有些尴尬地继续说道。

"我们每个人都在用自己的节奏来创造或摧毁自己的生命。年华的流逝并不能让我们变老。其实，让人类老去的是我们不断消耗和更换的能量。"

"你的意思是，人类是靠着一些类似充电电池一样的东西得以存活的？"

"是的，只是它们可能不如电池或胜过电池。"

要不是她戴着的挂牌证明了她科学家的身份，乔纳森更愿意相信眼前和他打交道的是一个总在酒吧里缠着别人说些疯言疯语的边缘人物。他有些不知所措，便再次示意服务生为她倒酒。妇人摇了摇头，谢绝了他的好意。服务生于是把威士忌酒瓶又放回了吧台。

"你认为一个灵魂会活上好几次吗？"乔纳森边说边把高脚凳挪向妇人。

"对于某些灵魂来说，是有可能的。"

"在我小的时候，祖母告诉我，天上的星星都是升向天堂的灵魂。"

"是时间把日月星辰的光辉引向我们，单凭它自己的力量是照射不到我们的。要想真正破解时间的奥秘，就要想办法在其维度里徜徉。人被自身的肉体所限制，而灵魂可以办得到。"

"灵魂不朽是一件多么美妙的事情。我就知道有一个画家的灵魂……"

"你也不要太乐观了，大多数灵魂还是会灭亡的。我们在变老的同时，灵魂随着它们的记忆，也在不断变换着大小。"

"它们都记住了些什么呢？"

"它们在宇宙间的旅程！它们吸收的光源！人类的基因组！这是它们从无穷小到无穷大的变化过程中所传载的信息，所梦想达到的目标。在我们生活的星球上，很少有人会总结自己的一生，灵魂也就很难达到它旅行的目的：完整地经历一次造物的轮回。灵魂其实是一种电波，它和世间所有的事物一样，由无数粒子组成。就像你祖母所说的星星一样，灵魂很担心自我离散，对它来说，这是一个关乎能量的问题。这就是为什么它需要占据一个人类的躯体，因为它从中可以获得重生，并继续游走在时间的维度中。当身体再也提供不了足够的能量时，灵魂便会抛弃它，去寻找下一个接受它的实体，顺便开始下一段旅程。"

"它到底需要多少时间？"

"一天，一个世纪？这取决于它自身的力量和它不断再生的能源。"

"那要是它能量不够了呢？"

"它就会消亡！"

"你所说的能量到底指的是什么？"

"生命之源：情感！"

彼得这时冷不丁把手搭在乔纳森的肩上，不由得吓了他一跳。

"对不起，我不得不打断你了，伙计，因为他们想要取消我们的预订。要知道，要想在这样一个满是'饿鬼'的地方再找到一个吃饭的地方，那可不比登天容易。"

乔纳森答应他一会儿就到餐厅与他碰头。彼得和妇人打了声招呼，两眼望了望天空，便离开了酒吧。

"加德纳先生，"妇人说道，"我一点也不相信会有巧合。"

"巧合和我们今天的话题有什么关系吗？"

"我们把它看得太重要了，这是个十分可怕的现象。我今天和你说了那么多，其实你只需记住一点：两个灵魂的相遇，为的是最后能够融为一体。一旦相融，它们便从此相互依靠，不再分离，不论来世今生都能重新找回彼此。如果在世俗生活中，有一方自行离开，或中断了约束彼此的盟约，两个灵魂都将顷刻毁灭，因为形单影只的旅程是无法成行的。"

妇人的脸色突然起了变化，神情凝重，眼睛又重新变回了深蓝色。她站起身，用尽全身力气抓住乔纳森的手腕，严肃地说道：

"加德纳先生，此时此刻，你可能会觉得我只是一个失去理智的老妇人。但是，请听清楚我下面要说的话：绝不要放弃！它已归来，它就在这里。在这个世界的某个角落，它守望着你，追寻着你。从此以后，时间对你们来说性命攸关。如果你们轻言放弃，这将比舍弃生命更为不幸，因为你们丧失的是彼此的灵魂。你们的目标已近在咫尺，如果就这样终结旅程，将是莫大的遗憾。当你们一旦认出彼此，请不要再擦肩而过了。"

彼得不知什么时候折了回来，他一把抓住乔纳森的肩膀，拉着他往回走。

"我们人不到齐，他们就不让我就座。为了让酒店领班把我们的名字写在等候名单上，我和他足足争论了三分钟。快点！五分熟的排骨肉上的血都快流干了！"

乔纳森猛地挣脱了他。当他再次转身时，却发现白发妇人已经离开。他的心怦怦直跳，马上冲向走廊。然而，如织的人流吞没了他找回她的全部希望。

酒店领班把他们带到餐厅尽头的一个包间里。乔纳森坐在一把红色漆皮长椅上，他还是久久无法从刚才的强烈情感中解脱出来，丝毫没有胃口品尝盘子里的美味。

"你的样子好滑稽。"彼得边说边带劲地吃着。

"我做什么了？"

"你不停地在扯你领带上的结。"

"那又怎么了？"

"可你其实并没有戴领带！"

乔纳森发现自己的右手在颤抖，他把手藏到桌子下方，然后注视着彼得。

"你相信命运吗？"

"如果你询问的是这块排骨肉的命运，我可以告诉你，它眼下没有任何可能摆脱它的厄运。"

"我在和你说正经的！"

"正经的？"

彼得咬了一口已经浸透了调味汁的土豆。

"今晚有一班十点起飞的航班，如果你现在马上出发，兴许还可以赶上。"他说罢瞅了一眼叉子上的大块肉片，继续说道，"你的脸色很难看。"

乔纳森仍然没有吃任何东西，他掰了一小块篮子里的面包，用手指一点一点把它捏碎。他的心脏此时还是跳动得厉害。

"酒店结账的事交给我来办，你快走吧！"

彼得的声音突然显得很缥缈。

"我感觉不很舒服。"乔纳森说道，他此时很想找回常态。

"你就娶了她吧，安娜和你的事已经开始让我感到厌烦了。"

"你今晚不想和我一起回去吗？"

彼得一时未能理解朋友的这番求助，他又为自己倒了杯酒。

"我本想利用这次与你共进晚餐的机会和你谈谈我现在工作上碰到的问题，和你商量一下对付那些攻击性文章的对策，并让你对我下次拍卖的物品产生兴趣，可到头来，真正陪伴我的只有这块排骨肉。我不想连它也失去，要不然这将破坏人们对单身夜晚的美好遐想。"

乔纳森犹豫了一下，他站起身，从上衣口袋里摸出了皮夹。

"你不会怪我吧？"

彼得抓住了他的肩膀。

"你不该有这样的想法。你不能为一场你并未出席的饭局埋单。我现在要问你一个很私人的问题，你能保证问题的答案就我们俩知道吗？"

"当然。"乔纳森回答道。

彼得怀着审慎的神情，把目光投向"端坐"在乔纳森盘子中央的那块肥美鲜肉上。

"你不会反对吧？"

还没等他的朋友回答，彼得就和他交换了盘子，并迅速咀嚼起来。

"快走吧！代我向她问好。我明天一回来就给你打电话。我真的很需要你帮我重振江湖，办公室那边的状况令人担忧。"

乔纳森把手搭在彼得的肩上，紧紧拥抱了他。从他身上，乔纳森有点找回了那种久违的祥和感。彼得抬起头，看了他好一会儿。

"你确定没事吗？"

"没事，我就是有点累，别担心，至于其他的事情，你就放心交给我办吧。"

他走向出口。酒店门面上炫目的灯光让他感到一阵头晕。他示意服务生为他叫一辆出租车。此时，乔纳森有点魂不守舍，这让他看上去像是一个失意的赌徒。一辆出租车停在了雨篷下。车开动了，乔纳森打开车窗想要透一口气。

"运气不好？"司机问道。他透过后视镜，打量着乔纳森。

乔纳森摇了摇头，以示回答。他闭上眼睛，把头倚在车座的靠背上。街边的路灯在地上投射出一轮不规则的光影，这让乔纳森忆起儿时自己放在自行车前的一个纸箱。夜晚天气转凉，乔纳森重新睁开了眼睛，发现不知不觉已置身郊外。他突然有种无欲无求的感觉。

"我离开了高速公路，因为那里出了一场事故。"司机说道。

车内的后视镜中反射出了司机的面庞，乔纳森盯着他看。

"你刚才看上去睡得很香。玩得太累了？"

"是工作得太多了！"

"人确实应该专注于某项事业！"

"我们大约还需要多久才能到达？"乔纳森问道。

"但愿很快就能到，不过路上正在施工。"

机场橘色的灯光在远处若隐若现。出租车停在了大陆航空的专用车道上。乔纳森付了车钱，走出了这辆红色车门的白色福特轿车。车又开走了。

在行李托运处，他被告知头等舱已没有多余的座位，不过经济舱的大多数座位仍然空着。他选择了一个靠窗的位置。现在这个时候，客流量渐少，他迅速通过安检，穿过无数通道，来到了候机厅。

一架由麦道公司生产的大陆航空专属飞机静静地停在舷梯的尽头，机头像是快要撞上玻璃幕墙了。一个小男孩在母亲的陪同下向机舱里的飞行员挥手致意，机长回应了他。过了没多久，从过道里走出十几个旅客，他们行色匆匆地走向自动扶梯。工作人员关上门，通知乘客，飞机的清理工作正在进行，他们很快就可以登机了。

几分钟后，工作人员的对讲机响起，她回复后便俯向麦克风，通知乘客已经开始办理登机手续。

飞机冲向云端，它发出的银色光束照亮了沉沉的夜色。乔纳森把座椅靠背放低，想让自己舒服些，并尝试小憩，但都失败了。他把头倚在窗边，出神地看着窗外云海缭绕的奇景。

※

回到家，屋内出奇地安静。乔纳森穿过走廊，来到自己的房间。床铺仍然保持原样，安娜一定是在楼上。他来到浴室开始淋浴，水拍打着他的脸庞，流遍他的全身，他就这样享受了很久。淋浴结束后，他套上一件浴袍来到顶层。他打开工作室的门，屋内一片漆黑，只有窗外的一轮皎月向房间投射了一丝亮光。安娜在一条长椅上已安然入睡。他慢慢靠近她，没有发出一点声响，然后站在那里看着她入睡的样子。过了一会儿，他不由得俯下身来，有一种想要亲吻她的冲动，安娜在睡梦中却好像做了一个向后退的动作。乔纳森拿起她脚边的灰色披肩为她盖好，随后便离开了房间。他独自一人回到那张大床上，蜷缩在被子里。听着敲打在窗上的点点雨声，没过多久他就进入了梦乡。

※

波士顿在皑皑白雪中迎来了冬天。圣诞节的气氛把这个古老的城市装点得熠熠生辉。两次出差过后，乔纳森重新回到家中，因为他和安娜还有另外一件盛事需要准备。

安娜不放过婚礼安排中的任何一个细节：请柬纸张的选材、教堂花卉的摆放、弥撒经文，以及晚宴前那场鸡尾酒会菜肴的选择。此外，宾客席位的安排也很讲究，因为它必须符合波士顿上流社会复杂的等级现状。说到音乐，他们需要为当天的乐队找来一些音乐家，还要挑选合适的曲目在当天演奏。深爱着安娜的乔纳森全力支持她，因为在内心深处，他也热切地希望办出一场多年来最出彩的婚礼。每周六他们都会光顾一些精品商店，每周日他们则会研读前一天所领取的产品目录，研究相关商品的细节。两天下来，乔纳森有时候会觉得，那些他们选择用来装点婚礼的桌布或花束，其实大大消减了仪式本该拥有的美感。时间一天天流逝，他的热情却在慢慢减退。

※

　　春天提前到来，老港口上的餐厅座位都被搬到了露天市场上。安娜和乔纳森从早晨开始就在忙碌婚礼的大小事宜，此时他们正在享用一道贝类美食。安娜拿出一本螺旋式装订的小本放在自己跟前。乔纳森小心翼翼地看着最后一页中她画去的几行字，心中多少希望这将预示着他们婚礼准备工作的终结。四周后的今天，他们的结合将被冠以婚姻这一神圣的名字。

　　"如果我们想在'最漫长的一天'有很好的表现，那么，接下去的三个周末，我们就应该彻底放松！"

　　"你觉得你的比喻很幽默吗？"安娜边问边机械地咬着笔的一端。

　　"我知道这是你最喜欢的一款笔，可近几个月来，你用坏了不下二十支。来吧，你该尝尝这些牡蛎。"

　　"乔纳森，我没有父母可以帮我一起筹划这场婚礼。你知道吗？有时当我看着你的时候，我真的有种嫁给自己的感觉！"

　　"安娜，我倒觉得，你要嫁给的是这些桌布！"

　　安娜瞪了他一眼，收起本子，起身离开了餐厅，乔纳森并没有试图挽留她。他等那些好事的邻座转过头去后，便开始重新享用他的午餐。随后，他决定好好利用这个难得自由的午后去某家大型音响店逛逛。路过一家商店时，一件黑色厚实的羊毛套衫吸引了他的目光。乔纳森继续在老城区闲逛，途中他试图用手机联系彼得，但电话总是直接转接到他的语音信箱。他给彼得留了言。在步行回家之前，乔纳森走进一家花铺，买了一束紫红色的玫瑰。

在家中的厨房里，安娜系着一条花布围裙，这条围裙是收腰设计，把她的胸线衬托得尤其完美。她丝毫没有留意乔纳森放在桌上的花束。他坐在一把椅子上，双眼充满柔情地看着安娜，此时她正一言不发地准备着晚餐，那生硬的手势表明了她的怨气。

"对不起，我并不是有意伤害你的。"乔纳森说道。

"可你做到了！我想办一场令人难忘的婚礼，完全是为了我们两个人。你要知道，作为你的妻子，我也应该为你事业上的成功尽一份力。况且，需要得到东岸那些达官贵人赏识的人又不是我。当你的画挂上他们的厅堂时，这既是你的成功，也是他们的荣幸。"

"我们就不能停止这愚蠢的争吵吗？对了，你的证婚人到底是谁？这么长时间过去了，你也应该决定了吧？"乔纳森问道。

他站起身，绕了一圈，想要把她揽入怀中，安娜却推开了他。

"乔纳森，你应该学会激起欲望。为了做到这点，我就连上街购物也会化妆。这也是为什么我总把家里打理得一丝不苟，每次设宴总是力求完美。这是个物欲横流的世界，所以不要总来指责我的完美主义。在你的前途面前，我是苛求的。"

"安娜，那些画不是用来卖的，而是用来鉴定的。"乔纳森叹了口气，接着说道，"我不在乎别人的想法，既然我们马上就要结婚了，我有必要向你坦白一件重要的事情：你化不化妆对我来说都无足轻重。每天清晨，看着你熟睡的样子，我觉得此时的你比在梳妆打扮时的你要美得多。那个时候，我们蜷缩在一起，我就这样看着你，不受任何干扰。

我希望随着时间的流逝，我们能变得越来越有默契，而不是像近几周那样，渐行渐远。"

她把开了一半的酒瓶放到桌上，目不转睛地看着他。乔纳森走到她身后，他的手滑过她的脖子，伸向她的腰肢，同时开始解开她围裙上的带子。安娜开始还在反抗，后来也就顺从了。

※

第二天，迎接他们的是一个清冷的早晨。昨日的争吵已经平息。乔纳森起床准备早餐，然后端着托盘把早餐送到安娜面前。他们共同享用了它，同时一起享受着这个长长的周日早晨。随后，安娜上楼回到她的工作室，乔纳森则继续慵懒地躺在床上。下午，他们没吃午饭就来到老港口的那些小巷里溜达。临近四点的时候，他们匆匆买了许多意大利熟食作为晚餐，并在街道另一头的音像店里逛了好一会儿。

※

在城市的另一端，彼得顶着一头蓬松的乱发，从被窝里探出头来。室外刺眼的光线彻底唤醒了他。他伸了伸懒腰，看了一眼放在桌子上的电子钟收音机。这个懒觉持续的时间超出了他的想象。他一边打着哈欠，一边摸索着寻找压在被子下的电视遥控器。找到后，便按下了开关按钮，正对着他的屏幕随即闪烁起来。彼得开始不停地更换频道。屏幕下方的一个小信封一直闪烁不停，这是通知彼得收到了一封电子邮件。他按下阅读键，正文随即出现。抬头显示这封信是当天从伦敦的佳士得拍卖行发出的。收到时，美国东岸是下午三点，而在大西洋的另一端已经是晚上八点了。

"看来连他们都还没有看过报纸。"彼得抱怨道。

信里的字体很小。彼得对近几个月来不得不戴的老花镜感到深恶痛绝，他不服老，情愿做一套滑稽的面部操来改善视力。信的内容让他大跌眼镜，他不由自主地把伦敦同事的信连读了三遍，随即抓起电话，连按键都没看就拨通了一个号码，并焦急地等待着。等铃声响罢十次，他不得不挂上电话重新再拨。试了三次后，彼得烦躁地拉开床头柜的抽屉，拿出了手机。他拨通了咨询处的号码，希望能尽快和英国航空的订票处取得联系。趁着连线的间隙，他用肩膀和头夹着手机来到了衣帽室。彼得踮起脚想要够到顶层的那个箱子，岂料在拖下箱子的那一刻，一堆旅行袋也被顺势带下，砸到了他的身上。当他穿着睡衣，在一堆衣服下低声咒骂时，订票处的工作人员终于接起了他的电话。

"是不是你们女王的王冠丢了，你们都在帮忙找啊？"

※

现在是晚上六点，夜幕提前降临，眼看一场暴雨即将到来。天上云朵簇拥，仿佛形成了许多天然雨棚，棚上积聚着无数水珠，使它们蒙上了一层琥珀与黑色相间的光晕。已经有几滴雨水冲破云层，在黑灰色的城市上空划过几条银白色的线条，有节奏地重重击打在沥青路面上。乔纳森关上了窗子。碰上这样的鬼天气，在电视机前度过一个夜晚是再合适不过的选择。他来到厨房，打开冰箱，拿出打包盒，里面盛着安娜选择的各种意大利式开胃菜。他把奶酪焗茄子放入烤箱中加热，随后在上面撒上大量干酪，完成后便拿起墙上的电话听筒。他刚想拨打安娜工作室的电话，就瞧见提示有外线接入的信号灯闪烁了一下，接着铃声响起。

“你之前在哪儿？这是我第十次拨打你家的电话了！”

“晚上好，彼得！”

“快去准备行李，我在洛根国际机场的英国航空候机大厅里等你。前往英国的航班将于晚上九点一刻起飞，我已经预订好了两个位置。”

“假设一下，如果今天不是周日，如果现在我没有在厨房为我一个月后即将迎娶的新娘做晚餐，如果我没有准备和她一起看《毒药与老妇》，兴许我会与你同去。这次出行的目的是什么？”

“我很喜欢你这样说话的样子，人们会以为我们已经在英国了。”彼得挖苦地说道。

“好了，朋友，很高兴能与你聊天。套用一句你最爱说的话：我现在正在全身心地和奶酪焗茄子交流着，所以你若不介意我……”

“我刚收到一封来自伦敦的邮件，一位收藏家意欲卖出五幅大师的作品，这五幅画全都出自一位叫弗拉基米尔·拉德斯金的画家之手……你在意大利面中放了什么？”

“此话当真？”

“到时候我会把那边的同事介绍给你，这绝不是在开玩笑！乔纳森，到底是由我们自己还是由我们的竞争对手来组织这场拍卖，这全都取决于你。不要忘记，人们总是时刻关注着我们的鉴定质量。”

乔纳森紧锁双眉，他焦虑地用食指把玩着那根电话线。

“在伦敦出售的拉德斯金的作品数量不可能是五幅。”

“我没有说它们将被拿来出售，我只是说它们会被展出。这是收藏界的一大盛事，我会把拍卖活动放在波士顿举行……我将借此东山再起。”

"你的数据是错误的，彼得。我再重复一遍：将被出售的作品数量不可能是五幅。我很了解拉德斯金所有画作的所在地，其中落入私人收藏家之手的只有四幅。"

"是的，你才是真正的行家。"顿了顿，彼得又挖苦地继续说道，"我在这个不合时宜的时候拨打你的电话，心中只想着一件事，那就是：这个惊天秘密也许抵得过一碗意大利面在你心目中的分量。一会儿见。"

彼得挂断了电话，他甚至都没有和乔纳森道一声再见。乔纳森也挂了电话。几秒后，安娜在她的工作室里做了相同的动作，她把他们刚才的对话听得一清二楚。她把手中的画笔放回到水罐里，套上羊毛披肩，放下头发，走下楼来到了厨房。乔纳森此时仍站在电话机旁，一副沉思的样子。安娜的声音把他惊了一下。

"谁打来的电话？"

"彼得。"

"他还好吗？"

"还好。"

安娜闻了闻充斥整个屋子的鼠尾草香味，随即打开烤箱，看着架子上烤得发黄的干酪。

"我们要好好美餐一顿！我去拿碟片，然后在客厅里等你。我快饿死了，你不饿吗？"

"饿，饿。"乔纳森用几近阴沉的声音回答道。

经过桌子的时候，安娜抓了一块朝鲜蓟放入嘴中，品尝起来。

"我一看到意大利餐就不要命了。"她说道，满嘴都是食物。

　　说罢，她擦了擦嘴角的油汁，离开了厨房。乔纳森叹了口气，他从烤箱中拿出滚烫的食物，精心地在餐盘上摆放好菜肴。随后，他把各式开胃菜放在唯一的盘子周围，把自己的那份放回了冰箱。接着，他打开了一瓶基安蒂葡萄酒，把它倒入一只极其精美的酒杯中，并把酒杯放在奶酪蛋糕的边上。

　　此时安娜已经靠在沙发上，打开了那台巨大的等离子电视机。现在只须在播放DVD的遥控器上轻轻一按，就可以观看卡普拉的电影了。

　　"你需要我去厨房把你的餐盘拿过来吗？"当安娜看到乔纳森把她的那份端放到自己的膝盖上时，她不由得轻声问道。

　　乔纳森坐到她的身旁，抓起她的双手。他内疚地向她解释道，自己今天将无法和她共进晚餐。还没等安娜有所反应，他就向她道出彼得致电的原因，并向她一再道歉，极尽温柔之能事。他不得不离开，不仅为了他自己，更为了他的朋友，因为彼得在事业上正遇到不小的挫折。佳士得拍卖行不能理解他怎么会忽略掉这样一笔买卖。这个失误会严重损害他自己的工作，这点安娜很在乎。最后，出于坦诚，乔纳森告诉安娜，靠近那些画作，触摸上面的棱角，体味颜色的运用，一直都是他的梦想。他不想等到它们受到闪光灯和涂料的侵蚀后再去欣赏它们。

　　"谁是卖家？"安娜嘟着嘴问道。

　　"我对此一无所知。这些画作可能属于拉德斯金的一个后裔。我从没有在任何公开的拍卖会上看到过它们。直到拉德斯金的作品集第一次出版，我才得以看到它们的照片和防伪证明书。"

　　"一共有多少幅作品？"

乔纳森在回答前犹豫了一下。他知道，自己很难和安娜分享刚刚被彼得点燃的希望：第五幅作品可能已被发现。这幅弗拉基米尔·拉德斯金最后的作品，在安娜看来虚无缥缈，然而它有股强大的魔力，使得她未来的丈夫对这个疯癫的老画家总是念念不忘。

乔纳森来到衣帽间，打开一个行李箱，选了几件精心叠放的衬衫、一件羊毛套衫、几条领带和供五天换洗的内衣。他如此专注地整理着，甚至都没有觉察到安娜已悄然来到了他的身后。

"四周后我们就要结婚了，而你再次抛下我去和情人幽会。真是好样的！"

乔纳森抬起头，安娜那动人的身影在门口若隐若现。

"按你的话说，我的情人是位年迈的画家，还有点疯癫。另外，他已经去世好几十年了。在我们即将成婚之际，我的这种品位应该让你大为安心。"

"我真不知道该如何理解你的这句话。选择了我，应该也是你的品位的一部分。"

"我不是这个意思。"乔纳森一边回答，一边想把她揽入怀中。

安娜挣脱了他的怀抱，一把将他推开。

"你还清醒吧！"

"安娜，我别无选择，不要把事情弄得复杂化。你想想，我怎么可能不愿意与你共度良宵！"

"如果彼得在婚礼的前一晚给你打电话，你也会取消婚宴吗？"

"彼得是我最好的朋友，也是我们的证婚人。他不会做出这样的事情。"

"真的吗？我觉得，他倒不会因此而为难。"

"你错了，要不就是你在开玩笑。彼得其实很有分寸。"

"看来是他把这个特质掩藏得太好了。可是，如果他真的在那天打来电话，你会怎么做？"

"我想，我一定会抛弃情人，正式迎娶你。"

虽然并没有把握，但乔纳森暗自希望，安娜会就此放过他。为了不激化安娜蓄意挑起的争吵，他提着箱子来到浴室，拿了些洗漱用品。安娜怒气冲冲地跟着他。他从她身旁经过，从架子上取下大衣。当他俯身想与她亲吻道别时，安娜却退后了几步，注视着他。

"你看看，连你自己都承认了：彼得会在婚礼当天打电话给你！"

乔纳森走下楼梯；当他到达大厅，握住门把手想要开门时，又不由自主地转过身去，久久凝望着安娜。只见她正双手交叉，站在楼上。

"不会的，安娜。我周一早上就去把他干掉，他也就没有机会这么做了。"

说罢，他关门而去，并在路上叫了辆出租车。他让司机把他带到洛根国际机场的英国航空专道。车外，大雨如注。雨水倾泻在马路上，瞬间抹去了他的脚印。汽车渐渐远去，安娜拉下她的工作室里的木质百叶窗，同时嘴角露出浅浅的一笑。

画中情缘

到底是他的父亲——一个永远对他微笑的男人，指引他来到了那幅作品面前，还是命运之手把他推向了这幅画作？

乔纳森在BA776航班的登机口等待着彼得。他正目送着最后一批旅客登上舷梯，突然只手搭在了他的肩膀上。彼得看出了乔纳森脸上的不快，不由得皱起了眉头。

"我还能做你们的证婚人吗？"

"事态照这样发展下去，你可能会成为我们离婚的见证者。"

"如果你愿意，我没有意见。但你必须先结婚，有些事情的程序还是要走的。"

乘务长向他们做了个不耐烦的手势，因为只要他们一登机，飞机就能起飞了。彼得在一个靠窗的位置坐下。还未等乔纳森在行李架上放稳他的箱子，飞机就已经开始滑行了。

一小时后，当空姐递给他们机上的便餐时，彼得礼貌地谢绝了，并告诉她：他们两人都不需要。乔纳森看着他的朋友，一脸的惊讶。

"别担心！"彼得用一种心照不宣的口吻低声说道，"为了提高这次长途旅行的质量，我特意准备了两个妙招。首先，我去了一趟你最喜欢的熟食店，买回了足够我们饱餐一顿的食物。我总对你的那碗意大利面心怀愧疚。"

"那是份奶酪焗茄子。"乔纳森不快地回答道，"你的饕餮盛宴在哪里？我快饿死了。"

"在我们头顶上的某个行李架里。只要空姐和她的推车一离开我们的客舱，我就去找我们的晚餐！"

"那你的第二个妙招是什么？"

彼得弯腰从口袋里拿出一个小药盒，在他朋友面前摇了摇。

随后，他一脸得意地向乔纳森展示了两粒白色药丸，说道："这是一种神奇的药物。如果你服下它，醒来后，再看看窗外，你一定会说：'天哪，这不是伦敦吗？'"

彼得把两粒药丸倒在了自己的手心里，把其中的一粒递给乔纳森，他却拒绝了。

"你理解错了。"彼得边说边迫不及待地把一粒药丸倒入自己的口中，"它不是安眠药，它只会辅助你的睡眠，唯一的副作用就是，你可能欣赏不到沿途的风景。"

乔纳森仍然坚持自己的想法。彼得把头靠在窗边，两人都陷入了沉思。乘务长结束了服务工作，返回了员工休息室。乔纳森见状便解开安全带，站起身来。

"在哪个行李架里？"乔纳森看着眼前那一排行李架，问道。

彼得没有回答。乔纳森俯身发现他已经睡着了。他轻敲了几下他的肩

膀，犹豫着是否要推醒彼得。可惜这些尝试都是徒劳的，彼得早已沉沉地
睡去。乔纳森打开他上方的那个行李架。十几个箱子和各式大衣错综复
杂地叠盖在一起，十分混乱。他烦躁地重新坐好。客舱此时一片漆黑。
一小时后，乔纳森关掉了照明灯，摸索着想够到邻座兜里的安眠药瓶。
彼得均匀地打着呼噜，在舷窗旁蜷缩成一团，他右侧的口袋也因此变得
遥不可及。

六小时后，空姐推着她的小车再次出现在客舱里。被饥饿折磨了一夜
的乔纳森现在总算可以满心欢喜地迎接早餐的到来了。当空姐为彼得放下
小桌板、奉上早餐时，他正打着哈欠，从酣睡中醒来，见此情景，他不由
得吓了一跳。

"我不是和你说过，晚餐我已经准备好了吗？"他瞪着乔纳森，埋
怨道。

"你如果再多说一个字，下次你再醒来，看着窗外，你一定会改口
说：'天哪，这不是伦敦的圣文森特医院吗？'"

等空姐送餐完毕，乔纳森马上抢过彼得盘子里的奶油蛋糕和羊角面包，
毫不顾及彼得诧异的表情，迅速而又贪婪地把它们送入了自己的口中。

※

一辆出租车把他们从希思罗机场一直带到了伦敦的市中心。

清晨，海德公园的羊肠小道宛如魔咒，让人们彻底忘却自己正置身于
欧洲最繁华的大都市里。一层雾气弥漫在宽阔的草坪上，百年老树的枝干
在雾色中若隐若现。乔纳森透过窗子看到两匹灰色斑点的骏马正在刚平整
过的沙质马道上溜达。随后，他和彼得穿过了王子门的铁栏。现在还不到

早上八点，可大理石拱门❶处的环形车道已经成了司机们的噩梦。他们又穿过了几条公园的小径，叫了辆出租车。司机终于把他们带到了多切斯特酒店的大门前，酒店位于伦敦的上流住宅区，就在海德公园的旁边。到达后，他们各自进入自己的房间。没过多久，彼得就去乔纳森的房间与他会合。乔纳森正在更衣，为他开门时，恰好穿着一件白色衬衫和一条苏格兰短衬裤。

"你好有一副旅行家的派头啊！"彼得进门时不由得惊呼，"我很好奇，如果我把你带到非洲去，你又会怎样穿着？唉，这次长途飞行可把我累坏了。"说罢，便一下子坐在窗边的一把皮质扶手椅上。

乔纳森一言不发地走进浴室。

"你还在生气？"彼得喊道。

乔纳森从半掩的房门中探出头来。

"我周末的最后一段时光全都用在了飞行途中看你睡觉上；我与我的未婚妻也为此濒临分手。你说，我有什么好生气的？"他边说边调整着领带的位置。

"你还总是最后才穿裤子吗？"彼得一脸嘲弄地问道。

"有问题吗？"

"完全没有。只是，如果遇上火灾，我觉得不系领带逃起来会更自在些。"

乔纳森瞪了他一眼。

❶一座白色大理石建筑，位于英国伦敦牛津街的西端。

"别闷闷不乐了，想想是你最爱的画家把我们召唤到了这里。"彼得说道。

"你的情报员还算可靠吧？"

"就凭我们为这次出行所付出的代价，他也必须是可靠的！再说，他在邮件中清清楚楚写明是五幅作品。"彼得边说边看着窗外。

"相信我，他一定是弄错了！"

"我早上醒来时在电脑上发现了他的邮件，但我还没法联系到他。我收到信件的时候，这里已经不早了，我总不能因为他在周日享受生活而去责怪他吧。"

"你依然在下午的时候才起床？"

彼得在回答乔纳森时，面露尴尬。

"我前天晚上睡得有点晚……这样看来，应该是我牺牲了周末来陪你完成夙愿，所以，你就不要再责怪我了！"

"难道这样一次重要的拍卖会解决不了你和合伙人之间的问题吗，拍卖员先生？"

"好吧，那就这样说吧：我们为了一个共同的事业，一同牺牲了周末！"

"你有其他方面的消息吗？"

"我知道展出这些作品的画廊地址。在那里将会举行专家鉴定会，届时画作的拥有者，可能是一个人，也可能是几个人，将会挑出最适合筹备这次拍卖会的承办方。"

"你的竞争对手有哪些？"

　　"那些所有手持小槌，然后说'成交'的人。我完全指望你来帮我赢得这场战役。"

　　乔纳森的名望无疑是这场拍卖大战中最让人垂涎的王牌。作为第一个出场的拍卖人，身边又有像乔纳森这样高水平的专家相助，彼得显然是做足了准备。

　　他们穿过多切斯特酒店的大厅，彼得在看门人的小屋前停了一下，递给他一张写着一个地址的小纸片，向他打听前往目的地的路线。看门人身着红色上衣，敏捷地从桌子后面绕到他们跟前，铺开一张地图，用笔标注着通向艺术画廊的路线。接着，他又用一种不紧不慢的声调建议彼得可以在沿途适时欣赏一会儿风景。只见他在各式地标建筑上画上叉，告诉彼得这些都是不容错过的观光景点。彼得大感惊讶，不由得问起他是否碰巧在遥远的波士顿有一个堂兄或亲戚。看门人对他的问题表示不解，可他并没有深究，而是带着他们来到旋转大门，并为他们打开门。他甚至还一路陪着他们来到酒店大门口，并再次逐一向他们解释了各种路标。彼得接过地图，带着乔纳森匆匆离开。

　　阳光下，就连他们穿行的小道也散发出耀眼的光芒。人行道两旁的各色商铺争奇斗艳，均匀悬挂在路灯上的花盆架则随着微风轻轻摇摆着。乔纳森突然有种置身于另一个时代的错觉。他一边奔赴那个他等了很久的约会，一边欣赏着街边那些石瓦屋顶，心想，即使真是彼得弄错，即使他自己已经做好了大失所望的准备，在某家背对着皮卡迪利大街的画廊里，他也终将真实地触摸到弗拉基米尔·拉德斯金的遗作。不到十分钟，他们便到达了艾尔伯玛街十号。彼得从上衣口袋里拿出那张小纸片，对照了一下地址。他瞥了一眼手表，然后把头伸进保护橱窗的铁栏杆中，向里张望。

"好像还没有开门的样子。"彼得气恼地说道。

"你以前一定是在警署工作的。"乔纳森针锋相对地回答他。

在街道的另一端，乔纳森远远望见一家提供咖啡和点心的小店，于是便决定去小坐片刻，彼得也与他一同前往。小店很舒适，现磨咖啡豆的醇香与新鲜出炉的蛋糕香味交织在一起，沁人心脾。为数不多的顾客全都倚在高高的桌子旁，认真地读着报纸或杂志。当他们进店的时候，没有一个人抬头张望。

在大理石制成的吧台前，他们点了两杯卡布奇诺，然后带着各自的点心坐在靠窗的位置。这是乔纳森第一次看到克拉拉。那天，她穿着一件米色呢子大衣，坐在一张矮凳上，边喝着奶油咖啡边翻阅着《国际先驱论坛报》。由于看得太入神，喝咖啡的时候不小心烫到了舌头，她微微皱了皱眉头，眼睛却始终没有离开过正在阅读的文章，然后摸索着放下杯子，又迅速地翻过一页。克拉拉身上有种难以抵挡的魅力，即便是奶油在她的上嘴唇上留下了一撇白色的胡须。乔纳森微微一笑，走近她，递给了她一张纸巾。克拉拉头也不抬地接过纸巾，擦了擦嘴，然后同样机械地把纸巾还给了他。乔纳森把纸巾放回口袋，眼睛却再也没有离开过克拉拉。此时她阅读完毕，好像被文章的内容惹得有些生气，只见她推开报纸，不停地来回摇头。随后，她突然转向乔纳森，诧异地望着他。

"我们认识吗？"

乔纳森没有回答。

他拿着纸巾，用手指了指她的下巴。克拉拉擦了擦脸，把纸巾翻了个面，沉思了片刻，突然两眼放光。

"对不起。"她说道，"真是不好意思，我不知道为什么会看这份报纸，每次看完后，我一整天都没有好心情。"

"文章都说了些什么？"乔纳森问道。

"都是些不值一提的内容。"克拉拉回答道，"那些作者想表现他们的专业和睿智，可到头来，他们的文章只是些矫揉造作的空话。"

"你还有其他想法吗？"

"我很高兴你能对我的看法如此有兴趣。但是，你可能根本无法理解我，因为这些无聊的内容和我所从事的行业有着密切的联系。"

"你能告诉我你所从事的行业吗？"

克拉拉看了一眼手表，马上拿起放在一旁的丝巾。

"绘画行业！我真的要走了，我已经迟到了，我赶着去签收一份快递。"

说罢，她便走向门口，正要推门而出，却又一次转过身来。

"谢谢你的……"

"别客气。"乔纳森打断她说道。

她微微欠了欠身子，离开了咖啡馆。透过窗子，乔纳森看到她奔跑着穿过马路。在街的另一端，她拿着一把钥匙，伸进一个小孔，对面的铁质帘门随即缓缓升起，位于艾尔伯玛街十号的画廊就此开门了。彼得走近乔纳森。

"你在看什么？"

"我想我们可以返回画廊了。"乔纳森边回答边目不转睛地看着克拉拉的倩影，此时，她已走进了画廊。

"我们约的是她吗？"

"我想是的。"

"如果是这样的话，麻烦你不要再用这种眼神看着她。"

"你在胡说些什么？"

"不要把我当傻瓜，这没什么大不了的，你的这副德行都已经有二十年的历史了。"

看到乔纳森一脸窘迫，彼得用手指了指他的下巴，做了个鬼脸。他走出咖啡馆时，还不忘转过身来，模仿了一遍乔纳森挥舞纸巾的样子。对面的画廊被白昼的光线照亮着。乔纳森把脸贴在橱窗上，向里张望。室内的墙壁上空无一物，屋内也不见任何人影，克拉拉一定是在店铺的里间。木质的大门被漆成蓝色，乔纳森按了一下门上的电铃。彼得站在他的身后。几秒后，克拉拉出现了。她还穿着刚才的大衣，手在口袋里摸索着寻找钥匙。她一下认出了乔纳森，微笑着为他开了门。

"我把我的钥匙忘在吧台上了？"

"不是的。"乔纳森回答道，"你要是真忘了，是进不了画廊的。"

"有道理，那我忘的一定是钱包？"

"也不是。"

"那一定是我的记事本！我老是把它弄丢，我想大概是因为我讨厌那些约会的缘故。"

"你什么也没有落下，你放心好了。"

听着他们的对话，彼得有些等不及了。他冲上前去递上了自己的名片。

"我是代表佳士得拍卖行的彼得·格温，我们今天早上刚从波士顿来到伦敦，特意赶来见你。"

"波士顿？好远的地方。可是，你们公司的总部不是在伦敦吗？"克拉拉问边招呼客人进入画廊。

走进画廊，克拉拉转身问有什么可以为他们两位效劳的。彼得和乔纳森面面相觑。乔纳森跟着她来到了画廊的里间。

"我是绘画鉴定专家。我们得知……"

克拉拉打断了他，神情顿时轻松起来。

"我猜到你此行的目的了，只是你们来得好像早了些。就像你所能看到的，第一批货物要到中午才能到达。"

"第一批货物？"乔纳森问道。

"出于安全考虑，那些作品将以每天一幅的速度分批运达。你要是想见到所有的藏品，就必须在伦敦住上一周。虽然这家画廊是独立运作的，但总有些保险公司会主动提出担保的要求。"

"你担心在运送的过程中遭遇偷窃？"

"偷窃或其他意外皆有可能，对于这样的藏品，还是应该做好一切必要的安全工作。"

说话间，一辆印有"德拉海搬运公司"字样的货运车停在了画廊前。克拉拉和刚下车的运送人员打了声招呼。彼得和乔纳森无疑是幸运的，他们正巧遇上第一幅画作运抵画廊。只见货车的后车门徐徐打开，三个工人把一个硕大的箱子搬到了画廊中央。随后，他们又小心翼翼地拆开用来保护作品的木板。当这幅作品终于褪去所有保护层后，克拉拉又引导工人把它移至将被展出的位置。此时乔纳森早已急不可待。工人们悬挂作品时的那份细致不禁让人心生敬意。当他们大功告成后，克拉拉审视着悬挂的方位，久久品读着作品的含义。她觉得很满意，并在运送人员递给她的签收单上签了字。

距离货车离开已经过去将近两小时。在此期间，彼得和乔纳森专注地看着克拉拉一遍遍地验收和摆放着这幅作品。乔纳森好几次想上前协助她，但都被她拒绝了。她在画的旁边安上了警报器，随后爬上一张大方凳，逐一开始调试照明用的聚光灯。乔纳森站在她的对面，不时地给她提点建议，但她好像并不在意。克拉拉好几次从椅子上下来，欣赏着自己的劳动成果。她不时地低声抱怨着什么，那些话只有她自己才能听懂。发完牢骚，她又会马上爬回凳子，重新调试起照明设备。彼得见状，向他的朋友耳语道，他原本以为全世界为这个俄国画家痴狂的只有乔纳森一个人，而今，这个头衔怕是会受到克拉拉的挑战了。乔纳森白了他一眼，彼得快快地走开了。他无事可做，只得把早晨剩下的时光全都献给了手机。在通话期间，彼得来回踱着步，时而在画廊内，时而又走到外面的人行道上。克拉拉和乔纳森则一直就采光效果的问题交换着意见。临近下午一点的时候，克拉拉和乔纳森一起站在作品的前面。克拉拉双手叉腰，表情轻松，她用肘关节顶了一下乔纳森，吓了他一跳。

"我饿了。"她说道，"你不饿吗？"

"当然！"

"你喜欢日本料理吗？"

"喜欢。"

"你能像刚才一样健谈吗？"

"行。"乔纳森在回答前又被克拉拉顶了一下。

"这是一幅完美的作品，不是吗？"克拉拉饱含深情地说道。

作品描绘的是一次田野上的午餐。一张桌子被放在石质的露台上，露台紧挨着一户人家。十来位宾客倚桌而坐，另一些人则站在稍远的地方。在一棵挺拔的杨树下，两个衣着体面的男士正在乘凉。画家的笔触是那么精细，人们简直可以透过他们的嘴唇猜出他们的谈话内容。枝叶的颜色和天空的光辉展现了一幅夏日午后的美丽图景。我们已经很久没有享受过如此美好的夏天，好在它将永远被定格在画卷上。乔纳森思忖道：画中的人物宛若尘埃，他们都从未真实存在过，然而在弗拉基米尔的画笔下，他们得到了永生。人们只需看着他们，就能感受到他们生命的能量。乔纳森和克拉拉就这样久久凝望着这幅作品，一言不发。

"这是他最后的作品之一。你有没有注意到这个特别的角度？很少有人会这样处理。弗拉基米尔善于运用纵向的高度来加强他画面的层次感。摄影师们也常常这么干。"乔纳森率先打破了沉默。

"另外，你有没有发现画面上没有出现过任何女人？二分之一的椅子都空着。"他又补充了一句。

"他从来不画女人。"克拉拉回应说。

"是因为讨厌女人吗？"

"不是。真正的原因是他痛失了爱妻而过于悲伤。"

"我刚才是在考你！好了，走吧！我的胃已经开始折磨我了，因为我把它忽视得太久了。"

克拉拉打开电视监控器，关掉电灯，开启警报器，最后关上了房门。她和乔纳森一同来到人行道上，看见彼得仍在踱步。他示意自己一结束通话就去和他们会合。

"你朋友的手机不用充电吗？还是他已经开始用别人的手机了？"

"他的精力一向旺盛，他完全可以利用自己的能量为手机充电！"

"一定是这样的。看！饭店就在对面。"

乔纳森和克拉拉穿过马路，走进了日本餐厅，并在一个包间里就座。当乔纳森把菜单递给克拉拉时，彼得恰巧走了进来，动静很大。

"真是个不错的地方。"他边说边坐下，"不好意思让你们久等了，我本想着两地的时差兴许能让我在波士顿事务所办公前拥有片刻的清闲时光，没想到这些人都这么拼命，起得那么早。"

"你饿了吗？"乔纳森边说边把菜单递给他的朋友。

彼得翻开菜单，不过马上又把它放回到桌上，一脸恼怒。

"你们真的爱吃这个吗？生鱼片？我更偏爱那些看着就能忘记它们曾经存活过的食物。"

"你们认识很长时间了吗？"克拉拉被逗乐了，问道。

午餐的气氛还算愉快。彼得使尽浑身解数，不止一次地把克拉拉逗乐。他悄悄地在一张纸巾上胡乱涂了几笔，然后把它递给乔纳森。乔纳森在膝盖上把纸摊开，阅读完毕后，他马上把纸巾揉成一团扔在地上。在街的另一端，一幅俄国老艺术家的画作在伦敦阴郁的天空下闪烁着夏日的光芒。这种夏天虽然属于过去，但将生生不息。

午餐结束后，彼得前往佳士得拍卖行在伦敦的办事处，乔纳森则跟着克拉拉回到了画廊。他在作品前的一把椅子上坐下，在那里度过了整整一个下午。他潜心观察着画上的每一个细节，并颇有条理地在一本螺旋式笔记本上写上评注。

彼得之前约过一位摄影师来拍照，他在下午的时候抵达了画廊。一进画廊，他就细致地把各种器材装配好。柔光伞被搁置在三脚架上，从不同的角度打向作品，而几根电线将柔光伞和一台15×15厘米的大画幅相机连接在一起。

在阴沉的天空下，画廊的橱窗随着闪光灯的节奏不时地反射出光芒。从街上看去，人们会误认为画廊正在遭受暴风雨的侵袭。傍晚时分，摄影师结束了工作，在画廊里间收拾好装备后便和乔纳森与克拉拉道别。明天的同一时间，他会前来拍摄第二幅作品。当克拉拉在门口送客时，乔纳森鉴定了一下画作的落款，确信这幅画就是弗拉基米尔·拉德斯金《田间午餐》的真品。这幅作品曾于二十世纪初在巴黎展出，随后又在二战前的罗马展出过。它将被刊登在即将出版的画家作品集上。

事实上，两地的时差已经折磨乔纳森很久了。他提出可以留在画廊里帮克拉拉打烊。她感谢了他的好意，可她手头上还有些工作。她一直把乔纳森送到了大门口。

"今天真是美好的一天。"乔纳森说道，"我对你很感激。"

"我其实并没有做什么。"克拉拉柔声说道，"要谢就得谢它。"说罢，便指了指墙上的作品。

走在人行道上，乔纳森强忍困意，转过身凝望着克拉拉。

"我有无数问题想要问你。"他说道。

克拉拉莞尔一笑。

"我想，我们还有一周的时间可以聊这些。好了，快回去睡觉吧。其实，我整个下午都在想你是如何坚持住的。"

乔纳森退后了几步，挥手向克拉拉道别。克拉拉也招了招手，一辆黑色出租车随即停靠在路旁。

"谢谢。"乔纳森说道。

随后，他钻进车内，坐稳后还不忘透过玻璃窗向克拉拉挥手道别。克拉拉返回了画廊，关上大门后却又回到橱窗前，目送着出租车远去，同时陷入了沉思。自午餐以后，有个想法一直在她的脑海中挥之不去：她对乔纳森似乎有种似曾相识的感觉。他下午坐在椅子上欣赏作品的模样，甚至让克拉拉备感亲切。可任凭她怎样费神回忆，就是想不起在何时何地见到过乔纳森。她无奈地耸了耸肩，回到了自己的办公室。

回到酒店的客房时，乔纳森注意到电话机上的红色信号灯正在不停地闪烁着。他连忙放下包拿起听筒，按了一下语音留言按键。彼得的声音还是一如既往地有力。他通知乔纳森：他们两人都被邀请去参加一个艺术展览的开幕活动，开幕式结束后，宾客将前往一家高档餐厅享用真正的美食。他还特意补充说，食物都是"熟"的，以此表示对午餐中的生鱼片仍耿耿于怀。最后，他提议晚上九点在大厅碰头。

乔纳森虽然感到有些遗憾，但他还是给彼得留言说自己太累了，希望能好好睡上一觉，并与他约定明早再见。随后，他马上拨打了波士顿寓所的电话，却久久无人接听。乔纳森猜想，安娜也许正在工作室里专心工作而无暇应答，或是她出门时忘记启动留言装置了。乔纳森脱去外衣，走进浴室。

洗漱完毕后，乔纳森裹着一件厚实的全棉浴袍回到了房间。他拿出笔记本，重新翻阅起自己的笔记。他用手指轻抚着某页的下方，上面是他下午刚完成的一幅肖像画。虽然笔法拙劣，但能清晰地辨认出是克拉拉的轮廓。乔纳森叹了口气，把笔记本收好，关了灯，把手枕在颈后，等待着睡意的降临。

一小时过后，他依旧没有任何睡意，于是便起身在衣橱里选了一件西装，套上一件衬衫，离开了房间。他一路小跑来到走廊，乘上电梯。在电梯间里，乔纳森系好鞋带，并在到达底楼前迅速地打好了领带。在大厅的另一端，他一眼就瞧见彼得正站在一根大理石柱旁。乔纳森加快脚步，当他正要靠近彼得时，从柱子后面突然跳出一个女性的身影。那是个貌美的年轻女郎，衣着热辣，彼得一见到她，便马上用手挽住她的细腰。乔纳森笑笑，没有继续向前。彼得护送着他的尤物走出了旋转大门。现在，空空荡荡的多切斯特酒店大厅里只剩下乔纳森一个人，他瞥见一家酒吧，于是决定进去放松一下。酒吧里人山人海。服务生把他领到一张桌子前，乔纳森在一把皮质的沙发椅上坐下，心想，一瓶威士忌和一份三明治也许能够平复他的心绪，缓解时差带给他的不适。

他翻开一份报纸，并不时地环顾四周。突然，他的目光停留在一个坐在吧台旁的银发妇人身上。乔纳森往前凑了凑，想看得更清楚些，可他周围的人群遮挡住了他的视线，使他无法看清妇人的脸庞。乔纳森盯着她看了一会儿，她却好像一直在盯着服务员看。

他正要开始重新阅读，无意中又看到那个妇人在摆弄威士忌酒杯里的冰块，手势独特。不一会儿，他就瞥见了她手指上的戒指。乔纳森一阵激动，马上站起身来。他艰难地在人群中穿梭着，终于来到了妇人坐的地方。

可坐在椅子上的是个妙龄女子，她的身边围着一群正在狂欢的年轻人，女孩一把拉住乔纳森，邀请他加入他们当中来。乔纳森费了好大工夫才摆脱了这群年轻人。他踮起脚，恍惚中好像看到一个银发妇人正向酒吧的出口走去。可到达门口时，酒店的大厅里早已空无一人。他奔跑着穿过大厅，冲向大门口，并向门卫打听是否在几分钟前看到过一个妇人离开。门卫一脸窘迫，解释说，他们的职业道德禁止他们回答类似的问题……这可是在伦敦。

※

第二天一大早，乔纳森和彼得便在酒店的大厅里会合。随后，两人一起到公园去跑步。

"看看你的气色！这不像是一个补充过睡眠的人该有的脸色。你的补觉事业宣告失败。"彼得对乔纳森说道，"你是不是后来又出门了？"

"我确实一夜未睡。你呢？昨天的晚宴怎么样？"

"十分无聊，到处都是所谓的达官贵人。"

"是吗？'她'还可以吧？"

"不错！"

"看到她的时候，我也是这么想的。"

彼得一下靠在了乔纳森的肩膀上。

"好吧，我承认，我确实在最后一刻改变了行程，可这也得怪你不陪我。我现在急需咖啡，因为其实我也没睡多久。"彼得欢快地说道。

"我可不想听你的那些风流韵事的细节。"乔纳森说道。

"看来你心情不错，这点很好。我打听过了，我们的竞争对手应该无法在周五之前组建好他们的团队，所以我们相应地多出了一周的准备时间来赢得战役。你今天再去见那个画廊主之前，请务必打扮得英俊潇洒些。虽然我现在还不清楚谁是这些作品的真正收藏者，但我明白，克拉拉的意见至关重要。再说，在你的魅力面前，她也并未表现得无动于衷。"

"彼得，你真的很烦人。"

"我就说吧，你今天心情确实很好。"彼得气喘吁吁地说道，"你现在就可以出发了。"

"这怎么行？"

"我知道你现在心中只有一个念头：回到画廊去欣赏作品。那你还不赶快走！"

"你不和我一起去吗？"

"我还有事要办。你要知道，想要把拉德斯金的作品带到美国去可不是那么轻松的活儿。"

"那你在伦敦开拍卖会吧。"

"这不可能，我需要你的现场援助。"

"我不理解，这有什么不可能的？"

"等会儿你回到酒店换衣服的时候，不要忘记拿出你的记事本，看看我是不是记错了——今年六月底，你将在波士顿举行婚礼。"

"你计划在一个月内就筹办这场拍卖会？"

"我们公司计划在十天内完成资料目录。我希望还能赶得上。"

"你刚才的那番话是在开玩笑吧？"

"我也知道这是一次疯狂的博弈，但我别无选择。"彼得低声抱怨道。

"你不是疯了，因为这个形容词已经无法形容你现在的状态了！"

"乔纳森，那篇文章把公司上下搞得鸡飞狗跳。昨天，在办公室的走廊上，同事们看着我的眼神就好像我快要死了一样。"

"你确实处于癫狂的状态。"

"我倒情愿是这样。"彼得叹了口气，继续说道，"我可以告诉你，事情的发展趋势很糟糕。只有这次拍卖会才能拯救我，我也从来没有像现在这样需要你的帮助。你就当我们是在为你的那位俄国画家效力。如果我们在这次竞争中失利，我将彻底垮台，你也差不多。"

这一周，佳士得拍卖行的伦敦办事处很不太平。各色专家、商人、收藏家和拍卖师赶场似的在不同的会议室里开会。各部门的专业人士也从早到晚地聚集在一起，制定全球各分公司的产品目录。目录一经确立，他们便把一些主要作品分派给不同的拍卖师。彼得必须说服他的合伙人把弗拉基米尔·拉德斯金的作品交给他来打理，也就是说，让他把它们带到波士顿。一个月后，一场十九世纪大师作品的拍卖会在他的小槌下拉开帷幕。世界各地的艺术杂志都将热切地关注这次盛事。他不能因为自己的疏忽而打乱同事们的工作计划，再说，这样的事情本来就很少发生。彼得知道这项任务很艰巨，所以每当他一个人独处的时候，他总会怀疑自己的能力。

当乔纳森到达艾尔伯玛街十号时，已过上午十点。先他而到的克拉拉透过橱窗，看到乔纳森从出租车上下来，然后径直走进对面的咖啡馆里。几分钟后，他从店里出来，手里拿着两大杯卡布奇诺向克拉拉走来，她为他开了门。

临近十一点的时候，德拉海搬运公司的货运车准时停在了画廊前。装着第二幅作品的大箱子被摆放到了画廊中央。乔纳森急切地等待着，内心深处的记忆仿佛也在此刻被唤醒。直到现在，他还清楚地记得不少童年往事。同时，他还完好地保留着一种能力——感动的能力。有多少他身边的成年人如今已经忘却了这种美好的感情！对有些人来说，这一能力在今天看来难免会显得有些过时。可乔纳森依旧执着地被各种事物感动着，它们可能是晚上的一抹夜色、某一季节的特殊味道、陌生路人的一个微笑、孩子的一个眼神、长者的一个手势，或者是平日那些能够滋养人心的琐碎小事。尽管彼得总是为此嘲笑他，乔纳森却在心里时刻对自己说，他一定要遵守曾经向父亲许下的诺言，即永远都不要停止感动。比起昨天，他今天好像更难掩饰迫切的心情。也许他现在等待揭晓的，就是他魂牵梦萦的那幅作品！也可能他梦想的那幅画作根本就不属于这次展出的范围。不过，乔纳森还是愿意往好的方面去想。

他就这样看着工人们一层层地卸去作品外面的保护木板。每当他们小心翼翼地除去一块时，他的心就会跳得更快一些。克拉拉站在他的身旁，双手交叉放在背后，她和乔纳森一样，一副急不可待的样子。

"我希望他们能赶紧卸掉这些木板，好让我现在就能看到作品。"乔纳森自言自语道。

"我之所以选择这家搬运公司，是因为他们会违背你的心愿，干出相反的事情。"克拉拉低声回答道。

今天装货的箱子比昨天的还要大。拆包工作可能还要持续一小时。搬运小组决定先休息一会儿。他们坐到卡车的后车厢里，享受着这个阳光灿烂的中午。克拉拉锁上画廊，邀请乔纳森一起出去透透气。他们来到街上，突然，克拉拉叫了一辆出租车。

"你在泰晤士河边散过步吗？"

※

他们沿着河堤在树荫底下散步。乔纳森回答着克拉拉提出的各种问题。她问起是什么原因促使他成了一名绘画鉴定专家，殊不知，其实这个问题正好能引出乔纳森的一段过去。他们坐在一张长椅上，乔纳森回忆起了那个深秋的午后，他的父亲第一次把他带入美术馆。他还向克拉拉描绘了那个雄伟的展厅。他的父亲放开了他的手，示意他自由参观。男孩突然在一幅作品前驻足，因为他感觉画中的男人好像就只看着他一个人。

"这是一幅自画像。"他的父亲解释道，"换句话说，就是他自己画自己，很多画家都会这样做。这个画家的名字叫弗拉基米尔·拉德斯金。"

于是男孩开始和这个老画家"嬉闹"起来。不论他是躲藏在柱子后面，还是以各种步子出现在展厅的各个角落；不论他是前进还是后退，画家就这样执着地盯着他一个人。就算他闭上双眼，男孩也知道"画中的男人"依旧在凝望着他。男孩惊呆了，他走近作品，注视着它，忘记了时间。在那一刻，他感觉所有的时钟都停止了走动，两个时代通过一种情愫、一个眼神交融在了一起。在十二岁那年，乔纳森就已经开始学会幻想。画笔打破了所有的自然规律，使得画中的男人能够穿越时空，用眼睛和男孩说起心照不宣的悄悄话。男孩的父亲坐在他身后的一张长椅上。乔纳森出神地凝望着作品；而他的父亲则注视着他的儿子——他一生最美丽的作品。

"如果那天他没有带你去美术馆，你现在又会从事什么行业呢？"克拉拉略带羞涩地问道。

到底是他的父亲——一个永远对他微笑的男人，指引他来到了那幅作品面前，还是命运之手把他推向了这幅画作？抑或是他们两者共同的杰作？乔纳森没有回答。现在轮到他向克拉拉发问了，因为他也很好奇她与这位画家的故事。克拉拉微微一笑，望了一眼远方大本钟上的时间，站起身来，叫了一辆出租车。

"我们还有很多事情要做。"她说道。

乔纳森没有追问，毕竟他们还有两天的时间可以相互了解。如果老天眷顾他，如果第五幅作品真实存在，那么他们就能多出一天的相处时间。

※

次日清晨，乔纳森就来到画廊与克拉拉相会。当日的作品已被安全运达。正当他们忙于拆包时，一辆闪亮的迷你奥斯汀轿车在橱窗前面停下。一个年轻男子下了车，走进画廊，手里捧着一摞文件。克拉拉和他打了声招呼，随后便向画廊里间走去。陌生人一言不发，默默地打量着乔纳森。

十分钟后克拉拉重新出现，只见她穿着一条皮革长裤和一件高级品牌的上衣。乔纳森不由得为她身上散发出的性感气质而倾倒。

"我们大约两小时后回来。"克拉拉对年轻人说道。

她匆匆拿起年轻人刚才放在桌上的文件，走近大门时，突然转向乔纳森。

"你和我一起去吧。"她说道。

当两人走上人行道的时候，克拉拉凑近乔纳森，低声说道：

"那个年轻人叫弗兰克，他在我开的其他画廊里工作。确切地说，是当代艺术画廊！"她边说边整了整自己的上衣。

乔纳森稍稍有些吃惊，为她打开车门。克拉拉钻进汽车，在驾驶员的位子上坐好，手放在变速杆上。

"在我们这儿，车都靠左行驶。"克拉拉说着启动了迷你轿车的引擎。

索霍区❶的这家画廊要比刚才的那家大五倍，里面展出的很多作品也超出了乔纳森的知识储备。但他还是认出了巴斯奎特的三幅作品、安迪·沃霍尔的两幅设计，另外还有培根和德·库宁的作品各一件。此外，画廊里还摆放着几件现代雕塑作品，比如贾克梅蒂和奇利达的作品就各有两件。

在和一位顾客交谈了半小时后，克拉拉示意助手从墙上取下两幅作品。她用手在桌子上擦了擦，想要看看是否干净。一个满头红发并在刘海处染了几根绿色头发的年轻姑娘递给克拉拉两张支票，它们被装在一个橘

❶位于伦敦西部，是著名的时尚区，云集了众多高级餐馆和传媒公司。

红色的文件夹里。克拉拉把它们放在桌上，并在上面签上名字。随后，她在电脑上写了一封邮件，而电脑本身也像是一件艺术品。写完后，她感到很满意，向乔纳森提议一起去拜访一位同行。她让助手通知弗兰克，他可能需要在画廊再多等一些时间。最后，在与四名员工一一道别后，她便和乔纳森一起驾车离开。

汽车在索霍区狭窄的街道间开得飞快，不一会儿便到达了希腊大道唯一的广场上。克拉拉与一位商人就一座大型雕塑的购置问题进行洽谈，乔纳森在一旁等她。他们在下午的时候返回了艾尔伯玛街十号。今天运到的作品已被拆封完毕，它并不是乔纳森朝思暮想的那幅作品，但它的美足以弥补他的失望。

摄影师的到来宣告了他们短暂的二人世界的结束，虽然从未彼此点破，但内心深处，他们都因对方的陪伴而备感幸福。乔纳森在鉴定作品的时候，克拉拉则忙着在书桌前整理文件、梳理笔记。她不时地抬起头，望着乔纳森；他也会频频做出相同的动作。当他们难得四目相对的时候，他们又会马上背过脸去，躲开这场眼神的邂逅。

彼得在佳士得拍卖行度过了他的一天，他忙于收集各种必要的资料来为拍卖会做准备。他整理了一遍前天晚上找到的各种照片，并挑出一些用于产品目录。如果他不是在领导面前保证自己一定能按时完成任务，那就一定是在档案室里闭门研究。他在电脑前工作着，这台电脑的终端机与一家大型银行的数据库相连，数据库里记载着历届拍卖会的秘密资料。彼得把一个世纪以来人们对弗拉基米尔·拉德斯金作品的各种复制品进行了归档。董事会对他命运的裁定推迟到了明天。最近一段时间，彼得总感到他衬衫的领口把他勒得越来越紧。

彼得在酒店与乔纳森碰头，然后带他去参加了一场上流人士的音乐会。乔纳森虽然对此类活动深恶痛绝，但出于职业需要，在整场音乐会中，他也时时保持着微笑，因为会场中云集了各路著名的收藏家和买家。演出一结束，乔纳森便径直返回酒店。走在科文特花园广场上，他突然联想到从前人们在这条大街上生活的场景。如今富丽堂皇的建筑曾经是何等残破；这个现在备受伦敦上流人士推崇的街区，曾经是潦倒与脏乱的象征。在一百五十年前，他也许会在小巷的某一角落，在照着石子路的昏暗路灯下，与一个俄国画家相遇，而那个画家正在用削尖的炭笔对着市场上匆匆路过的行人写生。

彼得则在半路上偶遇了一个意大利的老朋友梅兰妮。他犹豫了一会儿，便决定邀请她去酒吧喝一杯。毕竟，明天的会议要到下午才举行，这正好是他一天当中开始打起精神的时候。现在只不过是子夜，他搂着梅兰妮的肩膀走进了附近的一家酒吧。

※

第二天，乔纳森起了个大早，彼得并没有在大厅里准时赴约。他趁机慢悠悠地前往克拉拉的画廊。到达后，他发现门还关着。于是他便买了份报纸，在对面的咖啡馆里等待克拉拉的出现。没过多久，年轻的弗兰克走了进来，递给他一个信封。乔纳森拆开信封，读了起来。

亲爱的乔纳森：

今天上午我无法陪伴你，请原谅我的缺席。弗兰克将替代我签收今天的作品，当然，画廊的大门将依旧为你敞开。我知道你一定已经急不可待地想要欣赏今天的作品，它美得令人赞叹。这次我把照明装置的调试工作完全交给你来处理，我相信你一定能出色地完成任务。我会尽早回来。祝你在弗拉基米尔身边度过一个美好的上午。我也很希望能够陪伴在你们身旁。

你的克拉拉

　　乔纳森若有所思地把信收好，放到了自己的口袋里。他重新抬起头时，发现那个年轻人已经走进了画廊。不一会儿，德拉海搬运公司的货车停在了人行道旁。乔纳森仍然坐在吧台边，拿出克拉拉的信，又看了一遍。他在将近十一点的时候来到画廊，与弗兰克会合；直到中午，他们都没有说过一句话。搬运队的工头告诉他，拆包工作可能还要持续一段时间。乔纳森瞥了一眼手表，叹了口气，他甚至失去了欣赏其他画作的兴致。

　　他来到橱窗边，先是百无聊赖地数着来往车辆的数目，接着又估算起警察开一张罚单所需要的平均时间。另外，他还做了些有趣的观察，比如，有七位顾客走进了对面的咖啡馆，其中有四位在店内喝了饮料；路边的交通灯高约两米……一辆红色奥斯汀疾驰而过，但并没有停下。乔纳森叹了口气，来到克拉拉的办公室，拿起了电话。

　　"你在哪里？"他向彼得问道。

　　"在地狱！我倒霉透了，我的会议提前了一小时。"

　　"你准备好了吗？"

"我已经吞下四片阿司匹林了，正准备吞下第五片。你的声音怎么了？"乔纳森正想挂断电话的时候，彼得问道。

"我的声音有什么不对吗？"

"没什么，只是听着觉得你像刚参加完祖母的葬礼。"

"我很早以前就参加过了。"

"对不起，原谅我吧，我太紧张了。"

"还有我呢，加油，一切都会过去的。"

乔纳森放下电话听筒，看到弗兰克正在画廊的里间忙碌着。

"你在这里工作很久了吗？"乔纳森轻咳了一声，问道。

"克拉拉小姐已经雇用我三年了。"年轻人边回答边关上一个满是文件的抽屉。

"你们俩相处得还好吗？"乔纳森问道。

弗兰克尴尬地望了他一眼，继续埋头工作。一小时后，乔纳森再次打破沉默，提议和年轻人一起出去吃个汉堡。然而，弗兰克是一个素食主义者。

※

彼得走进会议室，在唯一空着的一把椅子上坐下。会议室中央，摆放着一张巨大的红木桌子。他调整了一下椅背，等着轮到自己发言。每当有同事开始讲话，他都觉得像有一个师的坦克带着生锈的履带，朝着自己的耳膜进发，驻扎完毕后，便在他的太阳穴周围进行射击训练。讨论无休无止。右边的邻座演讲完毕，总算是轮到彼得发言了。董事会的成员们仔细研读了他递交上来的文件。彼得详尽地阐述了他负责的那些拍卖活动的日程安排，并着重介绍了六月底即将在波士顿举行的那场拍卖会。他计划把新近发现的弗拉基米尔·拉德斯金的作品也加入其中，大厅里随即出现了短暂的骚动。董事会主席发话了，他提醒彼得，那位推荐拉德斯金作品的顾客是一个杰出的画廊主。如果她同意把这个画家的作品交给佳士得拍卖行来处理，那公司一定会尽最大的努力来维护她的利益。所以，他觉得没有必要加快办事的节奏，他们完全可以于下一个季度在伦敦举行拍卖会。

"我们都读了那篇文章，也都对你表示同情。但是彼得，我对你是否能成功地筹办拉德斯金作品拍卖会表示怀疑，因为他毕竟不是凡·高！"主席打趣地说道。

同事们的笑声让彼得很恼火，但他理屈词穷，无话回敬。

这时，一名助手端着一只托盘走了进来，托盘上放着一个银质的茶壶。讨论就此被打断。只见她端着托盘在会议室里绕了一圈，为与会者们倒上茶水。透过虚掩的房门，彼得瞥见詹姆斯·多诺万从办公室里走出来。多诺万就是在某个周日给他发电子邮件的那位同事。

"不好意思，我要出去几分钟。"彼得说着便冲向走廊。

他一把抓住多诺万的衣袖，把他拉到了远一些的地方。

"我两天里给你发了六条短信，你是把我的号码弄丢了吗？"彼得口气生硬地低声抱怨道。

"你好，格温先生。"他的对话者小心翼翼地说道。

"你为什么没有回我的电话？你是不是报纸也看多了？"

"我的手机被偷了，所以我不知道你在说什么，先生。"

彼得努力克制着自己的情绪。他拍了拍多诺万领口的灰尘，把他拉到了更远一点的角落。

"我现在有个相当重要的问题要问你，你要动用你所知道的一切信息给我一个满意的答案。"

"我尽力而为，先生。"多诺万回答道。

"你上次在邮件中说最近发现的拉德斯金的作品数是五件，是这样的吗？"

年轻人从口袋里掏出一个皮质封面的本子来回翻阅了一会儿，最后把目光停留在某一页上，欣喜地说道：

"千真万确，先生。"

"你是如何获取这个数据的呢？"彼得激动万分地问道。

他的情报员向他解释道，某天，一家画廊与佳士得拍卖行取得了联系，于是他在上周五下午两点半被派往艾尔伯玛街十号与那里的员工进行面谈。到了那儿，画廊主亲自接见了他，并向他提供了各种资讯。等他回到办公室时已经是下午四点了，他在四点四十五分的时候给部门经理发去一份访问报告。部门经理问起他，谁对这位画家比较熟悉。调研部的布伦茨小姐提到了彼得·格温的名字，说他与乔纳森·加德纳来往密切，后者是弗拉基米尔·拉德斯金的鉴定专家。

"于是我急忙在周六下午，在自己的家中给你发了一封电子邮件。"

彼得凝视了他一会儿，然后简短地说道：

"你的回答已经很详尽了，多诺万。"

谢过他之后，彼得深吸了一口气，重新回到了会议大厅。

"我现在有个很好的理由让拍卖会于六月二十一日如期在波士顿举行。"彼得骄傲地向与会者宣布。

董事会做出了最终裁决：如果拉德斯金最后的那幅作品真实存在，如果它确实是画家最重要的作品，另外，如果乔纳森·加德纳同意参加鉴定工作，只有在这些假设都成立的情况下，彼得才能在六月举办他的拍卖活动。在彼得起身离开会议室前，经理还特意交代他，筹备过程中任何有意或无意的错误都将不可原谅，因为作为拍卖行业的领军人物，他自然需要承担更多的责任。

克拉拉今天一整天都没有来过画廊。中午的时候，她就打来电话通知了他们。乔纳森和弗兰克一起完成了第四幅作品的悬挂与照明工作。随后，乔纳森便全身心地投入他的鉴定工作中去。趁着摄影师为作品拍照，乔纳森来到了对面的咖啡馆。他在兜里来回寻找零钱，他无意间找到了第一次与克拉拉见面时递给她的纸巾，直到现在，纸巾上还隐隐散发出一股麝香的味道。随后，他便徒步回到了酒店。晚上，彼得来到酒店与他会合。整个晚上，两人都没怎么说话，各自沉浸在自己的思绪中。彼得太累了，再加上他偏头痛的老毛病又犯了，没过多久，他便回房间躺下休息了。

乔纳森一回到房间就在安娜的语音信箱里给她留言。随后，他便躺到床上，伸直身子，开始整理当天的笔记。

经过一天的辛苦工作，克拉拉总算拉上了索霍区那家画廊的铁质帘门。现在正逢各大剧院散场的时间，为了避免堵车，她只能更换路线。

※

乔纳森打开电视，在匆匆浏览了所有节目后，起身来到窗边。几辉汽车从公园旁呼啸而过，楼下耀眼的光束一直射向远方。一辆红色的奥斯汀在十字路口处放缓了车速，接着便向诺丁山方向驶去。

　　这个六月的周五将可能成为他一生最重要的日子。乔纳森已经起床。窗外冷清的街道表明了时间尚早。他来到摆放在房间一隅的书桌旁，坐下写了一封信，并在离开房间之前，传真给了安娜。

克拉拉：

　　我每天晚上都试图联系你，却总以失败告终。你应该重新录制留言机上的提醒，这样至少我每次在打电话回来的时候能够听到你的声音。此时此刻，我在给你写信，而你已安然入睡。这里，太阳已经升起，我多么希望你能陪伴在我的身边，尤其是今天。因为就在今天，我也许就能看到那幅我朝思暮想的作品。我不想显得过于自信，但是，在伦敦的这几天，我真的开始相信它真的存在。这是不是意味着我将近二十年的苦苦寻觅，终将开花结果？

　　回想起我的学生时代，那时，我整天把自己关在小房间里，研读一些稀奇古怪的著作，它们都暗示这幅作品确实真的存在。这幅弗拉基米尔的最后作品将是我最美丽的鉴定成果。毕竟，我等了它那么久。

　　其实，我也真的不希望这次伦敦之行与我们的婚礼筹备工作相冲突。但我想，这几天的分别可能对我们双方都有好处。我希望在我回到波士顿后，我们能够心平气和地相处，因为，几周以来的无谓争吵只会让我们日渐疏远。

我时刻想念着你，希望你一切都好，有空给我写信。

乔纳森

他折好信，把它放入上衣口袋里，然后决定出门去呼吸清晨的清新空气。他路过接待处的时候和看门人打了声招呼，随后，便径直走向街道。在大街的另一头，公园的大门已向公众敞开。公园里的大树枝繁叶茂，花坛里的花朵争奇斗艳。乔纳森一路来到湖中央的小桥上。他看到一群神情威严的鹈鹕在平静的水面上嬉戏。乔纳森继续向前走，心想，如果能在这个城市生活倒也不错，因为它让他有种亲切感。过了一会儿，他折了回去，走向画廊。他在咖啡馆里等待着克拉拉的到来。一辆奥斯汀停在了蓝色大门的前面。克拉拉把钥匙插入挂在墙上的小型警报器里，铁质帘门便徐徐升起。突然，克拉拉犹豫了一下，升到一半的帘门随即又被重新拉好。她转身向街对面走去。

她迈着果断的步伐走进咖啡馆，几分钟后，便拿着两杯卡布奇诺向乔纳森走来。

"无糖卡布奇诺！小心烫口。"

乔纳森惊讶地看着她。

"要想知道一个人的习惯，只须花些时间观察他的日常生活即可。"她边说边把杯子移向乔纳森。

她喝了一口咖啡。

"我喜欢这样的天空。"她说道，"天气晴朗的时候，整个城市的面貌都改变了。"

"我父亲曾经告诉我，当一个女人谈论起天气时，那是因为她想避免谈论其他话题。"乔纳森回答道。

"那你的母亲又是怎么说的？"

"她说，发生这样的情况时，一定不能向那个女人点破这点。"

"你母亲说得太有道理了！"

他们相互注视了一会儿，克拉拉突然微微一笑，问道：

"你肯定已经结婚了，不是吗？"

就在这个时候，彼得走进了咖啡馆。他与克拉拉打了声招呼后，便马上转向乔纳森。

"我有话和你说。"

克拉拉拿起包，盯着乔纳森说自己要先回画廊，让他们两人慢慢谈。

"我没有打断你们的谈话吧？"彼得拿起克拉拉的杯子问道。

"你怎么那么垂头丧气？"乔纳森问道。

"人们不该轻易说出彻底完蛋这种话，但这次真的麻烦大了。我在英国的合伙人正在商议收回他们的决定。他们认为，拉德斯金的大部分作品都是在英国创作完成的，所以拍卖会应该在伦敦举行。"

"弗拉基米尔是俄国人而不是英国人！"

"谢谢你的提醒，我已经向他们指出这一点了。"

"你打算怎么办？"

"你是说，我已经做了什么？我坚持认为应该把这场拍卖会放在最伟大的专家所生活的城市里举行。"

"真的吗？"

"傻瓜，我说的最伟大的专家，指的就是你！"

"我很高兴这话是从你口中说出的。"

"问题在于，董事会很愿意承担你在伦敦的任何费用，甚至举办的时间都可以由你定夺。"

"他们真是太客气了。"

"你今天早上脑子进水了吗？你很清楚，这是不可能的！"

"为什么？"

"因为三周后你将在波士顿举行婚礼，而我的拍卖会将在婚礼后的第三天举行！这个画廊主已经把你迷得晕头转向了，我很担心你。"

"他们有没有接受这个理由？"

"他们对我的热忱显得充满敌意，因为他们都是固执的保守派。他们更愿意等到开学的时候再举办拍卖会。"

"你不认为这是更好的选择吗？我们准备的时间将会更加充裕。"

"二十年来，你每次做报告都带着我一同前往。我想，拉德斯金的作品确实配得上一场高水准的拍卖会。而六月，又是最能汇集一流收藏家的时间。"

"我认为，只有弗拉基米尔的作品本身才能使一场拍卖会熠熠生辉。我觉得，你害怕的是批评家们的恶意抨击。但是你放心，作为你的朋友，我一定会尽我所能来帮助你。"

彼得上下打量了一下乔纳森。

"你真有担当！"

"彼得，严肃点。如果我还算走运，如果那幅最后的作品能够在今天出现，鉴定工作将是一个浩大的工程。我需要做很多研究，再说，我手头还有四份报告尚未完成。"

"如果老天眷顾，我们的拍卖会就一定能成功举办。我要走了，好好干。不要忘了，下周一我们还要和在对面画廊工作的迷人女郎签订合同呢。如果我在这次拍卖权的争夺中失利，那么，我的职业生涯也将彻底结束。我真的全靠你了！"

"我会尽力的。"

"但也不要努力过头了。我需要提醒你一下，我毕竟还是你的证婚人！你还记得吧？"

"有些时候，你真的很低级趣味。"

"没错，但我还是很高兴这话是从你口中说出的。"

彼得拍了一下他朋友的肩膀，走出了咖啡馆。乔纳森看到他跳上一辆出租车。过了一会儿，他自己也离开了咖啡馆。

他在人行道上停下，透过橱窗看着屋里的克拉拉。只见她正在调试昨天那幅作品上方的照明装置。看到乔纳森后，她略显尴尬，下了梯子，为他开了门。他没有对她的工作做任何评价，只是看了一眼时间。运货的卡车眼看就要到达，他焦虑到了极点。整个上午，他都守着那四幅作品。每隔十五分钟，他都会起身看一眼外面的马路。克拉拉坐在她的写字台后，用余光暗暗地观察着乔纳森。他再次来到橱窗旁，两眼望天。

"天色看上去越来越阴沉了。"乔纳森说道。

"是不是人的脸色也一样？"克拉拉抬起头来问道。

"对人来说，什么才是真实的？"

"关于天气的谈话。"

"我觉得也是。"乔纳森回答道，一脸的窘迫。

"你有没有注意到大街上一片寂静？今天是英国的法定假日。没有人工作……除了我们。而且今天又是周五，人们都打算度过一个长长的周末。伦敦人很喜欢去乡间小憩。下午的时候，我自己也将前往我的别墅。"

乔纳森看着克拉拉，什么也没说，转身继续工作，神情不悦。现在正值中午，路上的商家全都停止了营业。乔纳森起身告诉克拉拉，他想到对面去喝一杯咖啡。当他走到门口的时候，她拿起放在椅背上的呢子大衣，起身追上了他。在人行道上，克拉拉一把抓住乔纳森的胳膊，把他拉到一旁。

"不要这么焦躁，这种心态可要不得。我有个主意，我准备改变原计划，今晚我将留在伦敦。晚上的时候，我们无法谈论天气，再说我对这个周末的天气已了如指掌。周六：下雨；周日：晴。或者恰好相反，在这里，我们永远无法预测天气！"

随后，他们走进了咖啡馆。下午的时候，克拉拉把画廊交给乔纳森，让他在里面自行工作。

下午过得很平静，彼得在将近五点的时候打来了电话。

"怎么样？"他急不可待地问道。

"什么也没有出现。"乔纳森阴沉地回答道。

"什么叫'没有出现'？"

"没有就是没有！我已经说得够明白的了。"

"妈的！"

"你可以换一个词，但我完全同意你的看法。"

"我算是完了。"彼得低声咕哝。

"现在还不好说。没有人会永远一帆风顺。"

"这是你的预感，还是你的鼓励？"彼得问道。

"可能两者皆有。"乔纳森犹豫地说道。

"我担心的事情果然应验了，我等你的电话！"彼得说着挂断了电话。

黄昏时分，安静的弗兰克前来关闭画廊。克拉拉因为有事无法亲自过来，年轻人递给乔纳森一张纸片，上面潦草地写着一个地址，弗兰克告诉他，克拉拉晚些时候会在这个地址与他会合。

回到酒店，他依旧没有收到来自安娜的任何语音回复。换好衣服后，他再次拨了波士顿的号码，留言机上仍然响着他自己的声音。乔纳森叹了口气，还未留言就挂断了电话。

※

克拉拉约定和他在一家时髦的酒吧里相见，酒吧坐落于诺丁山附近，里面光线柔和，音乐舒缓，让人感到很惬意。克拉拉还没有来，乔纳森在吧台旁等待着她。正当他第十次挪动眼前那只盛放着杏仁的小碟子时，他瞥见克拉拉走了进来，于是便马上站起身来。她在大衣里面穿了一条贴身的黑色连衣裙。她一眼就看到了乔纳森。

"对不起，我迟到了。我的汽车的左胎报废了，街上的出租车又很少。"

乔纳森注意到克拉拉一路走来,吸引了无数赞叹的目光。当她在翻看鸡尾酒单的时候,他也不由自主地凝望着她。克拉拉嘴角的线条在桌上蜡烛的照射下,投映在了她的颧颊上。等到服务生走开,乔纳森便略显拘谨地靠向她。

他们同时开口说话,声音交融在了一起。

"你先说吧。"克拉拉笑着说道。

"这件裙子真是把你衬托得妩媚动人。"

"我来之前一共试穿了六条,我还差点在出租车上改变主意。"

"我自己呢,就是领带……一共换了四次。"

"但你穿的可是套头衫!"

"那是因为我到最后都没办法拿定主意。"

"我很高兴能与你共进晚餐。"克拉拉边说边摆弄起那个盛放杏仁的小碟。

"我也是。"乔纳森说道。

克拉拉征求起服务生的意见。他向她推荐了一种名叫桑塞尔的上等白葡萄酒,但克拉拉好像并未被说动。乔纳森突然眼睛一亮,用一种开玩笑的口吻对服务生说道:

"我太太更偏爱喝红葡萄酒。"

克拉拉睁大眼睛看着他,但她马上恢复了平静,把酒水单递给乔纳森,说她决定让她的丈夫来为她挑选,因为他对她的口味很了解,选择起来从不出错。乔纳森点了两杯庞美洛红酒,服务生记下后便转身离去,留下他们享受甜蜜的二人世界。

"你在放松的时候就像个孩子，适当的幽默很适合你。"

"如果你在我年轻时就认识我，也许就不会这么说了。"

"你以前是什么样的？"

"我若想在一个女性面前表现得幽默，那我大约需要六个月的时间来酝酿。"

"现在呢？"

"现在好多了。随着年龄的增长，我变得越来越自信，如今，也许三个月就够了！我想，我刚才在谈论天气的时候，一定比现在自在得多。"乔纳森低声自语道。

"如果这句话能帮到你，那我会毫不犹豫地说，有了你的陪伴，我感到无比轻松自在。"克拉拉满脸通红地说道。

酒吧里烟雾缭绕，克拉拉想出去透口气，他们便离开了酒吧。乔纳森叫了一辆出租车，两人决定前往泰晤士河畔。他们走在沿河的长长小道上，月光倒映在平静的水面上，阵阵微风轻拂着梧桐树的枝干。乔纳森问起克拉拉的童年往事。克拉拉在四岁的时候就被祖母收养，谁也没有告诉她其中的原因。八岁那年，她又上了英国的一所寄宿学校。她从小什么也不缺，因为每逢生日，她富有的祖母就会到学校来看望她。克拉拉还记得祖母曾经带着她逃离高墙森严的学校，虽然只有一次，但她将永远珍藏这份记忆。那年她十六岁。

"想想觉得很有意思，人们常说一般人很难准确地记得四岁前发生的事情，而我父亲站在街那头的情景深深地刻在了我的脑海里。我想应该是他吧，还记得他笨拙地挥着手，像是在和我道别。随后，他便钻进一辆车里，离开了我。"

"这也可能是你的梦境吧？"乔纳森说道。

"也许是吧。不管怎么说，我一直不知道他去了哪里。"

"你之后就再也没有见过他吗？"

"从来没有，以前我每年都期待能够见到他。圣诞节对我来说是个奇怪的节日。那个时候，大多数同学都会回到自己的家中，而我直到十三岁还在祈求上帝能让我的父母也来看望我。"

"后来呢？"

"我开始有了相反的愿望。我祈求他们永远也不要来，我害怕他们把我从这个地方带走，因为那时我对这里已经有了归属感。我知道，你很难理解这种想法。但在童年的时候，我一直为不能长时间留守在一个地方而感到痛苦，为不能与自己的父母生活在同一屋檐下而感到落寞。"

"为什么你要不停地搬家呢？"

"我也不清楚。我的祖母从来也不愿意告诉我她的想法。我也始终没有从任何人那里打听到什么。"

"在你十六岁那年，你们到底做了些什么呢？"

"我的监护人，我常这样叫我的祖母，那天开着一辆豪华轿车来学校接我。我知道这很幼稚，但那天我在其他女孩面前骄傲极了，并不是因为那是一辆无与伦比的宾利轿车，而是因为那天我祖母亲自为我驾车。我们穿行在伦敦市里，一路上，我叽叽喳喳地说个不停，祖母也并未打断我。透过车窗，我贪婪地看着古老教堂的外壁、酒吧的门面、热闹的步行街，特别是泰晤士河的两岸风光，更是让我欣喜不已。"

从那天以后，克拉拉就与各种河流结下了不解之缘。每当她到一个地方去旅行，她都喜欢摆脱一切束缚，到河边散步，站在连接两地的桥拱下抬头望天。所有的河流在她面前都没有秘密。不论是走在布拉格的伏尔塔瓦河畔、布达佩斯的多瑙河畔、佛罗伦萨的阿尔诺河畔、巴黎的塞纳河畔，还是上海的黄浦江畔，她都能透过这些承载着无数神秘传说的河流，了解当地的历史和民风。乔纳森向她描绘了一下查尔斯河，它是波士顿的一条历史悠久的河流。平时，乔纳森就很喜欢沿河散步。他承诺，以后一定会领着她到那些露天市场的石子路上去走走。

"你们那天到底去了哪里？"乔纳森又问道。

"去了乡下！我当时很激动，发现自己竟然来自乡下！我们下榻在一家旅馆里，我至今都能向你描绘房间里的每个细节。我还清楚地记得墙上壁纸的图案，那个嘎吱作响的五斗橱以及木质床头柜的味道。还记得那晚，我靠在床头柜上挣扎了一会儿便睡着了。其实我是想多感受一会儿祖母在我旁边的气息和她的陪伴。第二天，在把我送回学校之前，她带着我参观了她的乡间别墅。

"别墅还漂亮吧？"

"就按房子当时的保养状况来看，我并不这么认为。"

"那你的祖母为什么还要费那么多工夫领着你去参观呢？"

"我的祖母是一个充满好奇心的女人。她一路带我到那儿，是为了途经一个自由市场。我们当时坐在车里，看着紧闭的铁栅栏，她对我说：'你今天就十六岁了，已经到了该信守诺言的年龄。'"

"你需要遵守什么样的承诺呢？"

"我的这些陈年旧事是不是让你觉得很无聊？"克拉拉问道。

他们坐在一张长椅上。夜幕刚刚降临，两人头顶上的路灯照射着他们。乔纳森请求克拉拉继续讲述下去。

"事实上，一共有三个承诺。一是，我必须保证在她去世后马上就把这栋乡间别墅卖掉，并且答应永远也不进入这栋房子。"

"为什么？"

"你需要听完后面两个承诺才会恍然大悟。我的祖母是一个很有头脑的谈判家。她希望我能从事科学研究方面的工作，最好能成为一个化学家。她的理想是把我培养成另一个居里夫人！"

"在这点上，我感觉你好像并没有遵守承诺？"

"这个承诺与我尽到的其他义务相比，显然是微不足道的！再说，如果我信守了这个诺言，我又怎会涉足绘画领域呢？"

"这倒是。"乔纳森尴尬地说道，"但你为什么会心甘情愿地信守承诺？作为交换，你又得到了什么？"

"她把所有的财产都留给了我，相信我，这可是一笔不小的数目。达成共识后，我们便原路返回了。"

"你在那一天都没有走进那栋别墅吗？"

"我们其实都没有下过车子。"

"你已经卖掉那栋房产了吗？"

"在我二十六岁那年，我的祖母去世了。我那时还是化学系三年级的学生，学校枯燥的课程让我日渐消沉。我在她去世当天就决定放弃学业。

当时并没有举行任何安葬的仪式。在她千奇百怪的遗嘱里，她还附上了一条：公证人没有权利告诉我她的安葬地点。"

之后，克拉拉发誓这辈子再也不要看到试管。她来到伦敦定居下来，并在国家美术学院里开始学习艺术史。后来，她又到佛罗伦萨进修过一年，并最终在巴黎艺术学校完成了学业。

"我也去过那个学校。"乔纳森激动地说道，"或许我们曾碰巧同时待在那儿。"

"这不可能。"克拉拉撇嘴说道，"我想你可能忽略了一点，我们之间毕竟还有好几年的时间差！"

乔纳森从长椅上站起来，一脸的窘迫。

"我的意思是，我曾在那里办过很多讲座。"

"你别激动！"克拉拉笑着说道。

两人就这么交谈着，完全没有注意到时间的流逝。乔纳森和克拉拉凝望着对方，继而相视一笑。

"你有没有过一种似曾相识的感觉？"克拉拉问道。

"有过，我甚至一直有这种感觉。但就现在来讲，有这种感觉也很正常，因为我们昨天刚刚到这里来散过步。"

"我指的不是这个。"克拉拉说道。

"坦白和你讲，也不怕你笑话我异想天开，我一直很想问你，我们是不是之前就在我们第一次相遇的咖啡馆里碰到过？"

"我不知道我们是否曾经擦肩而过。"她盯着乔纳森说道，"但有些时候，我真的对你有种似曾相识的感觉。"

　　她站起身来，随后，他们便一起离开了泰晤士河。他们比肩走向附近的城区。一根无形的秒针在寂静的黑夜里有节奏地跳动着。两人走在空无一人的石子路上，时间好像有意想把他们留住，在他们周围罩了一层看不见的薄纱。他们的身体不时轻轻地相互触碰，并随着他们的脚步创造出一个不断变化却又无法触摸的全新空间。一辆黑色的出租车向他们这个方向驶来。乔纳森看了一眼克拉拉，不舍地笑笑。他手一伸，汽车便停了下来。他为克拉拉开了车门。在坐进车之前，克拉拉转过身来，柔声对乔纳森说自己度过了一个美好的夜晚。

　　"我也一样。"乔纳森两眼盯着自己的鞋子，回答道。

　　"你什么时候返回波士顿？"

　　"彼得明天就回去了……我还不清楚。"

　　她朝他走近一小步。

　　"那么再见了。"

　　说罢，她便在他的脸颊上轻轻地吻了一下。这是他们的肌肤第一次亲密接触，也是乔纳森第一次感受到一种前所未有的神奇力量。

　　乔纳森先是感到天旋地转，地面在他的脚下仿佛也开始下陷。他闭上眼睛，直感到眼冒金星。突然，一阵眩晕好像把他拉向另一个地方。他心脏的瓣膜此时全部洞开，为的是能让过量的血液流向他的静脉。他的太阳穴也在不停地嗡嗡作响。渐渐地，他发现周围的景象也开始起了变化。只见天空中，云朵迅速地向西面行进，使得月色显得越发皎洁动人。人行道周围仿佛笼罩上了一层淡淡的薄雾。一盏古老的路灯散发出的不再是微弱的光亮，而是蜡烛的火焰。马路上的沥青也在慢慢地消失，一条用木头铺成的小路在低沉的隆隆声中逐渐成形，这番情景与海水在沙滩上快速退潮十分相似。周围房子的墙面也开始剥落，一会儿这边的房屋露出了里面的砖头，一会儿那边的小楼又露出了生石灰。在乔纳森的右侧，突然出现了一条死胡同，尽头的铁栅栏在已经生锈的铰链上嘎吱作响。

在他的身后，乔纳森听见了向他飞奔而来的马蹄声。他很想转身去看，却动弹不得。有一个他无法辨认的声音在他的耳边说道："我请求你，快点，再快点。"乔纳森感觉耳膜都快被震破了。这匹马现在离他很近，他虽然看不到它，却能感受到它的存在，从它鼻孔里呼出的气息飘过他的肩膀。乔纳森感到头越来越晕，甚至感觉到他的肺正在压迫他的心脏。

他最后一次尝试着找回呼吸。他听见克拉拉的声音在远方召唤他，一切都静止不动了。

后来，渐渐地，云朵重新遮挡住了月亮，路上的柏油重新涌回了木质小道，残破不堪的墙面恢复了原样，上面的砖头也重新叠放整齐。乔纳森睁开了眼睛。他看到路灯上摇摇欲坠的灯泡也回到了原来的位置，马儿的喘息声也消失在了黑夜里，取而代之的是出租车低沉的马达声。

"乔纳森，你还好吗？"克拉拉第三次重复了她的问题。

"我想是的。"乔纳森说着，振奋了一下精神，"我只是有些头晕。"

"你刚才的样子吓了我一跳。你的脸色一下子变得惨白。"

"也许是旅行太累的缘故吧，别担心。"

"上车吧，我送你回酒店。"

乔纳森对她的好意表示感谢，他的酒店离这里并不远，而且步行对他有好处，再说，现在的天气也很暖和。

"你开始慢慢恢复血色了。"克拉拉宽慰地说道。

"是的，之前只不过是一时的头晕，我很快就会好的，你就放心吧。时间不早了，你快回去吧。"

克拉拉犹豫了一会儿，随后便钻进了车里。她关上车门，乔纳森目送着车子远去。透过后窗玻璃，克拉拉也在看着他。他的脸庞渐渐消失在了摇曳的车灯前，此时，出租车也驶向了街道的另一头。乔纳森则继续步行向前。

他现在已经完全恢复了元气，只是还有一件事情仍然让他的心绪久久不能平静。刚才他在眩晕中见到的场景，对他来说并不完全是陌生的。此刻，他从记忆深处好像挖掘到了什么，使他更加确定了他的假设。突然，天上开始下起淅淅沥沥的小雨，他停住脚步，仰头望天。这一次，当他闭起双眼的时候，看到的却是克拉拉走进酒吧的场景：她脱去呢子大衣后的优美身段，以及她瞥见乔纳森坐在吧台边时露出的欣喜笑容。此时此刻，他多么希望时光能够倒转。他重新睁开双眼，把手插进了裤兜里。他重新上路的时候，奇怪地感到肩头一阵沉重。

※

走进多切斯特酒店大厅的时候，乔纳森向看门人打了声招呼，然后便走向电梯。路过楼梯时，他又改变了主意，决定步行上楼。进入房间后，他发现有人在他门口放了一个信封，乔纳森猜想里面也许装着传真回执，因为他在早上的时候给安娜发过一份传真。他从地上捡起信封，放到了写字台上。随后，他把被雨淋湿的外套放在衣架的一边，走进了浴室。镜子里映照出的是一张苍白的脸庞。乔纳森用一条毛巾擦干了头发。回到床上后，他拿起电话听筒拨打了波士顿家里的号码。电话却又一次被转接到了语音信箱。乔纳森要求安娜尽快回复他的电话，因为这么久都没有她的消息了，他感到很担心。几分钟后，电话铃终于响起，乔纳森连忙接起电话。

"安娜，你到底去哪儿了？"乔纳森快速地说道，"我给你打了十次电话，你知道我有多么担心吗？"

电话那头沉默了几秒，随即响起了克拉拉的声音。

"真正担心的人是我。我打电话来只是想知道你是否已经安全到达了。"

"你真是太好了。一路上有小雨陪伴着我。"

"当我看到外面下雨的时候，我一下子就想到你既没有带雨衣也没有带雨伞。"

"你真的想到这些了吗？"

"是的。"

"我无法向你道出理由，但你能这么想，让我真的很开心。"

她又沉默了一会儿。

"乔纳森，关于今晚，我有些重要的话要对你讲。"

他从床上一跃而起，把电话听筒贴得与耳朵更近了些，随后屏住了呼吸。

"我也是。"乔纳森说道。

"我知道你有很多话想对我说，但现在请别说，这关乎你的名誉，我也能理解你的谨慎，我甚至还十分敬重你的这一品质。我承认，我的言行并没有给予你表达的勇气，我的意思是：我们从第一天在画廊谈话开始就一直围绕着这个问题。从今晚与你的交流中，我终于下定决心，我相信弗拉基米尔一定也会认同我的做法。我甚至相信，他其实也对你充满信心，无论如何，我的决心已定。你一定已经收到了一个信封，我在和你分别后，顺便来到了你的酒店，把这个信封交给了看门人。信的内容是一幅路线图。请现在就去租一辆汽车，并在明天与我会合。我有些重要的东西要给你看，你看到后一定会很高兴。我会在明天中午时分恭候你的大驾，请务必准时。晚安，乔纳森。明天见。"

说罢，她便挂断了电话，甚至都没有留给他回答的时间。乔纳森来到写字台前，拆开信封，把地图铺开。随后，他向酒店咨询处预订了一辆供明天使用的汽车，并顺便问了一下他们最近是否收到过他的传真。看门人回答说，有一个叫安娜·瓦尔顿的人曾经在下午的时候找过他。她留下的唯一口信就是转告乔纳森，她曾打电话找过他。乔纳森耸了耸肩，随即挂断了电话。

他一睡下就进入了梦乡，却做了一个稀奇古怪的梦。他梦见自己骑着一匹马游荡在伦敦老城区湿滑的石板路上，正闲逛着，他瞧见一群人在一栋房子前相互推搡着，场面一片混乱。所有的人都穿着另一个时代的衣服。为了躲避周遭的人群，乔纳森策马狂奔起来。

在路的尽头，呈现的是一派田园风光。他放慢了马奔跑的速度，进入了一条两旁种满大树的小道。一个女人也骑着马，从他的右侧骑上前来与他会合。此时，天开始下起小雨。只见那个女人一边策马狂奔，一边请求他道："快点，请你再快点。"

※

乔纳森前夜设置好的电话闹铃一早就把他从梦中带回了现实。他驾驶着租来的车子离开了多切斯特酒店，从城市的东边驶向高速公路。乔纳森按照克拉拉地图上的指示，在行驶了一百公里以后，便开向了高速公路的出口。半小时后，他行驶在一条乡间小道上，心里不停地默念道：在英国，车辆是靠左行驶的。路边宽阔的草坪边上是一排长长的栅栏。他看到了地图上标着的那个岔道口和离它不远的那家小酒店。随后是两个转弯道，此时乔纳森行驶在一条通往密林的小道上。路上的小坑使车子颠簸起来，但他并没有因此而放慢车速。汽车所经之处都会留下一条泥泞的印记，小坑也把路上溅得到处是泥，这让乔纳森感到很好笑。小路两旁绿荫如盖。他最终停在了一扇铁门前。在大门的另一头，一条砾石小道沿着优美的弧线围绕着一幢百米开外的乡间别墅。房子前有一片空地，三级长长的石级连接着空地与别墅。两扇巨大的玻璃大门被安置在了入口处。克拉拉穿着一件轻便的雨衣，手里拿着一把剪刀。她来到玫瑰园，园里的玫瑰大多沿着墙壁生长。只见她剪断了几朵白色玫瑰的茎秆，闻了闻花香，随后便把剪下来的玫瑰花扎成了一束。她就这样站在那里，明艳动人。太阳在天空中忽隐忽现，此时正从薄薄的云层中探出头来。克拉拉见状，马上脱去雨衣，把它放在地上。贴身的白色T恤斜向一边，露出她的肩膀，衬托出她姣好的身材。

乔纳森从车里走了出来。当他靠近铁栅栏时，克拉拉却向别墅走去。乔纳森用左手推开大门，无意中瞥见了安娜在他们订婚那天送给他的手表。一缕金色的阳光透过别墅的落地窗，洒在了客厅淡黄色的地板上。乔纳森一动不动地想了好一会儿，最后终于做出一个决定，虽然他很清楚他将为这个决定付出惨重的代价。他转身离去，冲进汽车里，开始往回行驶。在返回伦敦的路上，他暴躁地拍打着方向盘。他看了一眼仪表盘上的时间，拿起手机拨打了彼得的电话号码。乔纳森通知彼得自己将直接去机场与他会合，并请求他到酒店帮他拿一下行李。随后，他拨通了英国航空的电话预订了机票。

一路上，他都心情抑郁。不是因为他没能看到自己朝思暮想的作品，而是因为有个想法不断困扰着他。他距离那幢乡间别墅越远，克拉拉的形象就越是挥之不去。当他到达希思罗机场的时候，他不得不承认，此时自己心里只有一个念头：他想念克拉拉。

红裙女子

　　画中的年轻女人站立着，面朝内，背对外，似乎永远定格在那里。身上的褶皱长裙呈现出的是一抹脱俗的红色，乔纳森生平第一次看到这样的红。

彼得在候机大厅里烦躁地来回踱着步。如果飞机准时起飞，乔纳森在下午就可以回到家中。

"你有什么不能理解的？"乔纳森问道。

"二十年来，你带着我出入各种讲座；二十年来，我们在图书馆里收集了无数资料，为的就是找到能揭开那个画家神秘面纱的蛛丝马迹；二十年来，我们几乎每天都在谈论他。你却放弃了确认这幅作品是否真实存在的机会！"

"彼得，第五幅作品可能根本就不存在。"

"既然你没有走进那栋别墅，你又何以知晓呢？我需要知道这个真相，我不想因此被我的合伙人炒鱿鱼。我感觉自己像是被关在一个金鱼缸里，周围全都是水。"

在伦敦的时候，彼得做了很多大胆的举动。他成功说服了董事会推迟印刷拍卖行的产品目录，这其实是向艺术界发出一个信号，宣告一件盛事即将拉开帷幕。这份定期出版的手册常用来给外界做参考，里面的内容和拍卖行的名誉有着千丝万缕的关系。

"不会吧，你已经把你的想法告诉董事会了？"

"自从你打来电话向我复述了你和克拉拉的通话，以及你马上要去乡下找她的打算后，我就联系了伦敦总部的主管。"

"你真的这么做了？"乔纳森担忧地问道。

"今天是周六，我之前拨打的是主管家里的电话！"彼得哀叹道，说着便把头埋在了双手里。

"你和他说了些什么？"

"我和他说，所有后果由我一个人承担。我还向他保证，如果他能够信任我，我将会筹备一次十年间最盛大的拍卖会。"

彼得其实并没有说错。如果乔纳森和他向世人展示了弗拉基米尔·拉德斯金最后的作品，那么，不论那些私人收藏家出多么高的价钱，世界各地的博物馆都将争相竞价购得这幅作品。乔纳森本可以借此机会使这位画家声名大振，这是他一直以来的心愿。而彼得也可以通过这次拍卖会，重新成为当今最受推崇的拍卖师之一。

"你的美好蓝图里好像缺少了一个细节！你做过其他的打算吗？"

"做过。如果你想让我在受尽嘲笑后不至于寻短见，那就别忘了向我居住的孤岛上邮寄汇票，因为是你逼我自我放逐到孤岛上的。"

※

美国国土的海岸线已经在飞机下若隐若现。在空中飞行期间，两人都没有停止过交谈，受罪的是他们周围的乘客，他们都被吵得无法入眠。当空姐送来机上的便餐时，彼得下意识地拉开舷窗的遮板，为了避开乔纳森的目光，他转头看着窗外的天空。突然，他以迅雷不及掩耳之势抢过乔纳森餐盘上的巧克力馅饼，狼吞虎咽地吃起来。

"你难道不觉得这些食物难以下咽吗？"

"我们现在正位于海平面上空九千米处，我们可以在八小时内穿越两大洲而没有感到任何不适。你不至于因为火鸡的味道不合你的胃口而抱怨不休吧！"

"我倒希望三明治里夹的是火鸡！"

"你就当里面夹的是火鸡！"

彼得久久地注视着乔纳森，直到后者察觉到了他的目光。

"你怎么了？"乔纳森问道。

"当我在酒店的房间里为你收拾行李的时候，我看到了一张传真回执单。几天前，你曾给安娜发过一封传真。我并不是有意想窥探你的隐私，这张单子只是被我碰巧看到的，然后我发现……"

"发现了什么？"乔纳森口气生硬地打断了他。

"你开头写的名字是克拉拉而不是安娜！我想，还是在你的未婚妻'审问'你之前提醒你一下比较好。"

两个朋友心照不宣地相互看了一眼，突然，彼得爆发出一阵大笑。

"我在想……"彼得稳定了一下情绪说道。

"你在想什么？"

"你干吗和我一起坐在这架飞机里？"

"我要回家！"

"让我来重新组织一下我的问题，你就会明白了。我在想，你到底在惧怕什么？"

乔纳森在回答前思考了很久。

"我想，我是惧怕我自己。"

彼得摇了摇头，看了一眼窗外。人们已经能隐约看到远方的曼哈顿岛了。

"我也一样，我也时常惧怕自己，但是伙计，这并不影响我成为你最好的朋友！多尝试着和自己沟通，你就会慢慢认同你自己的那些怪念头。最后，你就会像我一样为这个俄国老画家着迷，这是你每天谈论他的结果。同样你也会发现自己在筹备婚礼时无精打采的样子。我可以给你打包票，如果你能够成为你自己的朋友，你就会发现，生活还是充满刺激的！"

乔纳森没有回答，他从前排椅背上的网袋里拿出一本航空公司发行的杂志。命运有时真是妙不可言。就在他翻阅的时候，一篇采访伦敦某时髦画廊主的报道突然映入了他的眼帘。一张克拉拉的照片赫然刊登在杂志上，照片是在那栋乡间别墅前取景的。乔纳森俯下身，把杂志放入了随身携带的包里。彼得用余光观察着他。

"如果可以的话，我希望就算我真的去孤岛生活了，也一定要独自前往。"彼得重新开口道。

"真的吗？理由是什么？"

"因为如果你执意要与我同去，那它就不再是座孤岛了。"

"我为什么要与你同去？"

"因为你发现在波士顿生活本来就是个错误，而你明白得太晚了！"

"彼得，你在影射什么？"乔纳森恼怒地问道。

"我没影射什么！"彼得一边讽刺地说着，一边漫不经心地拿起一本杂志。

在顺利通过海关后，彼得和乔纳森走向机场的停车场。他们走上天桥，天桥下面是通向机场出口的过道。彼得把身子倚在栏杆上。

"你看到等候出租车的那支队伍了吧！只有你那天才的朋友才知道应该自己开车来，你难道不应该向他道一声谢吗？"

在人行道上长长的队伍里，乔纳森没有注意到一个银白头发的老妇人刚刚坐进了最前面的那辆出租车。

※

波士顿市郊的路况十分拥堵，彼得用了一个多小时才把他的朋友送回了家。乔纳森放下箱子，把雨衣挂在衣架上。厨房里没有开灯。他在楼梯底下叫了几声安娜的名字，却无人应答。他走进房间，屋子里漆黑一片，床被铺得很整齐。他忽然听见上面传来一声爆裂声，便立刻跑上楼去。他悄悄地推开工作室虚掩的房门，里面空无一人。安娜的一幅新作品被摆放在了画架上，乔纳森靠近作品，欣赏起来。画中描绘的是二十世纪从工作室向外望的景象。他一下子认出了他们家附近的一些建筑，这些建筑经过时间的洗礼，仍然雄伟壮观。在画面的中央，一艘双桅帆船静静地停靠在老港口边。桥上，几个路人正在忙碌着。一户人家穿过了连接码头的天桥。倘若乔纳森靠得更近一些的话，他也许会不由自主地赞叹安娜精准的笔法。船身上用木头雕刻的纹理都被安娜精细地加以描绘。一个肩膀宽阔的男人牵着他女儿的手，女孩穿着一件淡灰色的风衣，用衣服挡着脸。他的妻子靠在栏杆边，人们可以依稀看出她手上戴着一枚硕大的戒指。

乔纳森想到，他最好的朋友此时一定独自在家。彼得懒得改变现状，乔纳森因为和他太熟悉了而常常忽略了他内心的忧愁，他不禁感到有些自责。他走向安娜的写字台，拿起电话听筒。彼得正在通话中。乔纳森环顾四周，沐浴在白天最后的那一抹晚霞中，光线透过玻璃天窗洒进房间。此时，木地板的颜色和那栋古老的英国别墅里的地板颜色是一样的，都是美丽的金黄色。他的心开始狂跳起来，脑海里突然出现的强烈渴望让乔纳森激动万分。他挂上电话，走出工作室，冲下楼梯。他一把抓起门厅椅子上的箱子，关好门，转身离去。他跳进一辆出租车，并向司机指明了目的地。

"请送我去洛根国际机场，越快越好，拜托了！"

司机透过后视镜看了一眼乘客的表情，便上路了。这辆福特牌轿车的轮胎在柏油马路上发出刺耳的摩擦声。

当汽车在街角转弯时，安娜也放下了木质百叶窗的帘子。她站在自己工作室的玻璃窗旁，微笑了一下。随后，她便走下楼梯，启动了厨房里的留言机，并从一只小碟子里拿起一串钥匙。在门厅里，她看见衣架上乔纳森忘记带走的那件雨衣。安娜耸了耸肩，离开了房子，步行来到街上。走了一会儿，她来到自己的车子旁，坐进去后便向北驶去。她穿过横跨查尔斯河的哈佛桥，一直驶向了剑桥区。路上来往的车辆很多。她开向马萨诸塞大街，这条大街围绕着大学校园，并一直延伸到了花园街。

安娜把车停在离马萨诸塞大街二十七号不远的地方。她登上三级台阶，按了一下对讲机上的按钮。电子锁感应了一下后，门便打开了。安娜走进电梯，来到最高一层。在走廊的尽头，有一扇半开着的门。

"门开着呢。"屋子里传来一个女人的声音。

屋内的装潢很雅致。客厅里，锃亮的复古家具上摆放着几件银器。玻璃窗上的窗帘轻轻地随风摆动着。

"我在浴室里，马上就过来。"那个声音再次说道。

安娜坐在一把天鹅绒的棕色扶手椅上。在那里，她正好可以欣赏到丹尼希公园的美丽景色。

她拜访的妇人终于走进了客厅，只见她正用一块毛巾擦着手，擦完后，便把毛巾放在了椅背上。

"这次旅行可真把我累坏了。"她边说边拥抱了安娜。

随后，她把手上一枚镶有古老钻石的戒指放到了一只做工讲究的小盘子上。

※

乔纳森在飞机上恢复了平静。他一等到飞机离开跑道，就开始闭目养神。一直到起落架从飞机里伸出来，飞机准备降落，他才重新睁开眼睛。他一下飞机，就租了一辆轿车，火速离开了希思罗机场，向高速公路驶去。当他看见那家小酒馆出现在他面前后，他便按下了加速按钮。没过多久，别墅黑色的铁栅栏便映入了他的眼帘，门洞开着。他走进花园，不由得放慢了脚步，站在露台前不再靠近。

整栋房子都沐浴在明媚的阳光里。野生的玫瑰沿着墙面排成一排，墙壁呈靛蓝色。草坪中央，一棵挺拔的杨树随风摆动着它的枝叶，枝叶轻拂着别墅的屋顶。克拉拉坐在阳台的露天座上，她看到乔纳森后，便走下楼来。

"现在正好是中午。"她边说边上前迎接他，"你是准时的，只不过，距离我们约定的时间已经过去了整整一天。"

"我真的很抱歉，这事说来话长。"他尴尬地回答道。

克拉拉转身，回到了别墅里。乔纳森不知所措地在原地站了一会儿，随后，跟随克拉拉进了屋子。在这处乡间住所里，所有的物品都像是被随意摆放的，却都放得恰到好处。有些地方，不知为什么马上就能给人带来一种安逸的感觉。克拉拉在这栋别墅里度过了她生命的大部分时光。屋子里充满朝气，就好像这几年来克拉拉为它注入了新鲜血液一样。

"跟我来。"她说道。

他们走进一间宽敞的厨房，厨房的顶上铺着棕色的砖块。时间的脚步没有在这里留下任何印记。壁炉里，几块红色木炭刚刚燃尽。克拉拉弯腰在柳条筐里拿了一块木柴扔进壁炉，火焰随即又从灰烬里冒了出来。

"这间厨房的墙壁太厚了，所以不论春夏秋冬都需要生火。如果你早上过来，一定会为这里的寒冷感到惊讶。"

她把盘子放到了一张大餐桌上。

"你要来杯茶吗？"

乔纳森靠在墙上，望着她。就算是些再平常的动作，克拉拉都能诠释得如此优雅。

"这样看来，你好像没有遵守你对祖母许下的任何承诺，是这样吗？"乔纳森问道。

"恰恰相反。"

"我们难道不是在她的别墅里吗？"

"她是个洞察人心的人。她知道，为了保证我如她所愿完成她想让我做的事情，最好的方法就是让我许下与之相悖的承诺。"

水烧开了。乔纳森坐到木质的桌子旁，克拉拉为他倒了杯茶。

"在我返回寄宿学校前，她问我是否在许下承诺的时候，想过要手指交叉。❶"

"我想，从这个问题中，你也许就能明白些什么。"

说罢，克拉拉坐到了他的对面。

"你知道弗拉基米尔和他的画廊主爱德华爵士之间的故事吗？"克拉拉问道，"随着时间的流逝，他们渐渐变得彼此依赖，因为两人已经培养出了手足之情。传说，弗拉基米尔也许就是在爱德华的怀抱里安然辞世的。"

❶西方风俗，如果在许诺时偷偷交叉手指，那么这个承诺就是无效的。

她的声音充满了继续讲述的渴望。乔纳森也很想听下去，于是克拉拉便开始继续讲述她的故事。

自1860年离开俄国以后，拉德斯金便只身前往英国。当时，伦敦是世界各地流亡人士的避难所，人们在这儿可以看到土耳其人、希腊人、瑞典人、法国人和西班牙人，甚至还有来自中国的游客。伦敦当时是如此国际化，以至于那时最流行的一种酒精饮料都被取名为"世界之饮"。可惜，弗拉基米尔从来没有喝过，因为他当时穷困潦倒。他住在兰贝斯街区一间残破不堪的陋室里。拉德斯金是个骄傲而又不服输的人，虽然他当时已山穷水尽，但他情愿饿死也不愿伸手乞讨。白天，他来到科文特花园露天市场，用削尖的煤块当炭笔，在捡来的纸上临摹路人的脸庞。

运气好的时候，他每天能卖出几幅画来贴补家用。这也为他后来遇上爱德华爵士埋下了伏笔。在那个秋天的早晨，弗拉基米尔的命运在科文特花园的露天小道上发生了根本的变化。

爱德华爵士当年是一位享有盛名的艺术品商人。

要不是一场恶疾夺走了他的一个女仆，要不是他的妻子让他马上去市场上雇用一个新的女仆，爵士也不会在那天来到露天市场。当时，爱德华爵士正在一个卖蔬菜的摊位前挑选食物，弗拉基米尔·拉德斯金趁机为他创作了一幅肖像画，还在爵士的眼皮子底下挥了挥他的作品。画廊主一下就被这位贫困的画家的才华所折服。他当即买下了那幅作品，并回家琢磨了一个晚上。第二天，他和女儿坐着四轮马车再次来到市场，要求画家为他的女儿也作一幅肖像画。弗拉基米尔拒绝了，因为他从来不画女人的脸，而他蹩脚的英语又让他无法清晰地说明理由，这一切都把爱德华爵士惹得很生气。两人日后虽然亲如兄弟，但他们的第一次会面差点以一场恶斗告终。所幸弗拉基米尔平静地向爵士奉上了另一幅作品。这又是一幅爵士的肖像画，只是这次是一幅全身像。昨天，在爵士离开后，弗拉基米尔完全凭借记忆创作了这幅作品。爵士在这样的奇迹面前惊得说不出话来。

"这就是在旧金山展出的那幅爱德华爵士的肖像画吗？"

"是它的草稿。旧金山的那幅作品就是按照这幅草稿来重新画的。"

克拉拉突然皱起了眉头。

"其实你早已熟知这些故事了，我真是荒唐，你是当今研究弗拉基米尔最权威的专家，而我还在向你讲述那些从任何一本关于这位画家的书籍中都能找到的奇闻趣事。"

乔纳森的手不自觉地靠近了克拉拉的手，他本想握住它，但最终还是忍住了。

"首先，关于拉德斯金的书其实少得可怜；其次，我向你保证我以前从未听到过这些故事。"

"你不是在和我开玩笑吧？"

"不是。请你务必告诉我这些逸事的出处，我好把它们写入我下一本专题著作里。"

克拉拉犹豫了一下，接着开始继续讲述她的故事。

"好吧，我相信你。"她边说边又给他倒了些茶水，"当时爱德华爵士心生疑窦，他要求弗拉基米尔当场完成一幅马车夫的肖像画。"

"就是我们周三收到的那幅作品的原稿？"乔纳森激动地问道。

"完全正确，之前弗拉基米尔和马车夫就因为有相同的爱好而结为了朋友。如果你对这些故事早已了如指掌，现在只不过是在捉弄我的话，我就承诺……"

"你就不要再做任何承诺了，请继续你的故事吧。"

在他年轻的时候，弗拉基米尔曾经是一个出色的骑手。几年后的一天，马车夫的一匹骏马倒在了路中央。弗拉基米尔一边安慰悲伤的马车夫，一边在马厩前为他以及他身边的爱骑作画。遇见爵士的那天，弗拉基米尔其实就是照着那天他信手拈来的速写，再次为苍老的车夫作画的。那幅速写完成于一个潮湿的秋日，和其他许多作品一样，它的背景仍是科文特花园的露天市场。

乔纳森忍不住告诉克拉拉，这个背后的故事大大丰富了作品的内涵，提升了它的价值。克拉拉没有接话。此时，乔纳森出于职业习惯，问了克拉拉好几次关于故事出处的问题。他还尝试从她的话中猜测这些传说的真实性。整个下午，克拉拉都在讲述弗拉基米尔和爱德华爵士之间的趣事。

从那以后，画廊主几乎天天去拜访弗拉基米尔，他尝试用真诚去打动画家。几周以后，爵士决定无偿地把一个带有暖气的房间留给画家居住，房子的所在地就在市场附近。

这样一来，拉德斯金就不用每天在清晨的微光中或夜晚的黑暗里穿行于伦敦那些破败不堪的街道了。但画家谢绝了爵士让他免费入住的好意。作为交换，他送给爵士好几幅作品。在他住下后，爱德华爵士就派人送来了从佛罗伦萨进口的上等颜料。弗拉基米尔通过调配，创造出了许多新的色彩。没过多久，爵士又让人送来了一套画布框。不久，弗拉基米尔便放弃了木炭画，开始一心创作油画作品。这就是他在英国初期的生活，之后又过了八年，直到他去世。在科文特花园附近的小房间里安顿下来后，画家便开始潜心为画廊创作。爱德华爵士总是亲自为他送来作画所需的材料。他每次来都要和画家攀谈上几句。就这样过了几周，画家终于被爵士打动，决定放下骄傲，让画廊主成为他的保护人。在不到一年的时间里，他的俄国朋友一共完成了六幅伟大的作品。克拉拉一一列举了它们的名字，乔纳森对它们耳熟能详，并逐一告诉克拉拉它们现在所处的具体位置。

然而，之前颠沛流离的生活和兰贝斯恶劣的生活条件使弗拉基米尔的健康状况每况愈下。他总是受到百日咳的折磨，关节疼痛的情况也不见好转。一天早晨，当爱德华爵士照例去拜访画家的时候，发现他横躺在寓所的地上。风湿病把他折磨得行动困难，他本想下床走走，没想到一下子倒在了地上。

弗拉基米尔很快就被送往画廊主在伦敦的家中，他不辞辛劳地日夜照顾着画家。当他的私人医生告诉爱德华爵士，病人恢复状况良好时，他当即决定把他带往自己的乡间别墅，让他在那儿好好地休养一阵子。很快，弗拉基米尔的身体就恢复如初。通过爵士的资助，他还独自去佛罗伦萨旅行了几次。他到那里的目的，主要是想去挑选一些颜料回来自己调配，他也总能成功调配出许多美妙绝伦的颜色。爱德华爵士待他就像自己的亲兄弟。经过这几年的相处，他们的友谊也变得越来越深厚。如果没有外出旅行，弗拉基米尔就潜心作画。爱德华爵士把他的作品放在他伦敦的画廊里展出，如果有作品暂时没有找到买主，爵士就会把它悬挂在自己的家中，并照样付给画家酬劳，就好像是他自己把它买下一样。八年后，弗拉基米尔再次病倒，这一次，他的病情恶化得很快。

"在六月初的某一天，爱德华爵士把他扶到一棵大树底下的扶手椅上休息，他也正是在那儿安然地与世长辞了。"

克拉拉以悲伤的语调结束了她的故事。她站起身来，开始收拾桌子，乔纳森马上自觉地起身帮助她。克拉拉拿着杯子，乔纳森提着水壶，他们把这些茶具放在两只陶制的浅口盘上，而上方的铜质水龙头里不断地流出一股股水流。乔纳森坦白地告诉克拉拉，自己对弗拉基米尔在乡间的那段生活并不知晓，随后便饶有兴致地向她讲述了画家在其他时期的一些生活片段，毕竟，研究这位画家是他的主业。

黄昏将至，克拉拉和乔纳森神游在老伦敦的街道中，他们描绘着科文特花园旁弗拉基米尔曾住过的房子，并且还一起"参观"了一座玫瑰园。在乡间生活的那段日子里，画家很喜欢去那儿散步。由于两人不停地谈论着弗拉基米尔，他们简直都能听到他去拜访马车夫时踩在马厩稻草上的脚步声。此时，乔纳森冲洗着餐具，克拉拉则在一旁擦拭他刚洗好的碗。乔纳森再次被她散发出的迷人魅力所折服。只见她正踮着脚想把洗好的餐具放回到墙上那个木质的碗橱里。在心里，乔纳森千百次地想把她揽入怀中，然而每次他都没有行动。克拉拉关上了水龙头。她用围裙的背面擦了擦手，然后把它脱下放到炉灶旁。她向乔纳森走去，情绪高涨。

"来，跟我来。"她说道。

她带着他走出厨房，来到别墅的背面。随后，两人穿过院子，在一个巨大的车库前停住了脚步。在克拉拉用钥匙开门的时候，乔纳森能清楚地感到自己剧烈的心跳。她用力推开两扇大门。车库里，一辆摩根牌敞篷汽车散发出夺目的光彩。克拉拉一下坐到木质的老式方向盘后，马达随即发出了隆隆声。

"不要再这样哭丧着脸了，快过来！我需要到镇上去买点东西。你也可以顺便看看周边的风景。再说，是谁迟到了二十四小时？"她说着，眼里闪烁出狡黠的光芒。

乔纳森坐到她的身边，克拉拉随即发动了汽车。

※

汽车飞快地穿行在田野间。他们在一家小杂货店前停下，克拉拉买了他们晚上享用的食物。乔纳森则抱着一个木条箱走出了小店，他把箱子放在了轿车的迷你后座上。回去的时候，克拉拉把方向盘交给了乔纳森。他很紧张，当他准备发动汽车时，引擎却自动熄火了。

"人们如果对这辆汽车的操作不够熟悉的话，离合器就会拒绝工作！"她说道。

乔纳森只得收起骄傲，努力控制自己烦躁的情绪。当车到达别墅时，他才终于松了口气。买来的食物被放在了厨房里，两人随后便一起走进了别墅。克拉拉领着乔纳森穿过了一条长长的过道，过道的尽头是一间宽敞的阅览室。墙上的壁板由于年久失修已经残破不堪，老旧的壁纸也很惹眼。壁炉上挂着一个巨型挂钟，然而上面的时间永远定格在了六点，没有人知道它指示的到底是清晨还是夜晚。房间中央摆放着一张桃花心木书桌，上面放着几本精装书籍。透过方格状的窗户，已经能够瞥见夕阳西下的美景。乔纳森看见在房间的一隅有一扇洞开的小门，克拉拉正朝着它走去。她打算走进门后的小房间。在克拉拉经过乔纳森的时候，他后退了一步，让她先行。当克拉拉的手放在门把手上的时候，两人的身体碰巧轻轻地接触了一下，不料可怕的眩晕现象再次上演了。

乔纳森感觉天空瞬间乌云密布。白天突然结束，黑夜骤然降临，天上也开始下起倾盆大雨。阅览室的窗户被一阵狂风吹开。乔纳森本想上前去把它关好，然而身体不听使唤，他所有的肌肉都开始麻木。他想喊克拉拉的名字，却发不出任何声音。别墅外，一切也都发生了变化。原来沿着墙面生长的玫瑰此时却呈现出一番杂乱丛生的景象。百叶窗在飓风的呼啸下，发出阵阵尖锐的响声。屋顶上的瓦砾也纷纷滑落，砸落在房子前的空地上。乔纳森感觉呼吸困难，他的肺部不停地折磨着他。瓢泼大雨拍打在他的脸上。别墅前，一辆破旧的马车已套好了马。那匹马不停地用铁蹄蹬着地面，显得很烦躁。戴着高筒礼帽的马车夫紧紧地拉着缰绳，试图控制马的情绪。在马车里，一个年轻的身影裹着一件灰色的披风，并用一件风衣挡住了脸。一对上了岁数的夫妇慌张地从房子里走了出来。只见肩膀宽阔的男人扶着他的妻子上了马车，随后，他关上车门，把头探向马车夫大声地喊道："朝树林的方向前进，快点，他们就要来了！"

马车夫鞭打着拉车的牲口。一路上，马车不停地绕过各种树木。那棵原本在花园中央的茂盛的杨树此时掉光了所有的叶子。刚刚开始的夏季也好像走向了尽头。那个陌生的声音再次传到他的耳边："请你快点，再快点！"声音很低沉却夹杂着狂风的呼啸声。

乔纳森艰难地把目光移回到了阅览室里。此时，室内的装潢也发生了变化。在房间的另一头，那扇正对着走廊的大门突然打开。乔纳森瞥见两个身影向楼梯口奔去，只见其中一人的手里拿着一个用细绳捆好的包裹。乔纳森很清楚，自己在几分钟后将会呼吸困难。他深吸了一口气，用尽全身的力气和眩晕做着最后的抗争，他后退了一步，眩晕的感觉随即烟消云散。克拉拉依然站在他的面前。

"是不是那种感觉又重新开始了？"克拉拉问道。

"是的。"乔纳森边回答边又深吸了几口气。

"我和你同病相怜，也常常有这种感觉。我还经常梦到类似的场景。"她喃喃自语道，"只要我们的肢体一接触，就会产生这种现象。"

当两人相互坦白自己的感觉时，一种更为奇异的情绪涌上了乔纳森的心头。克拉拉注视着他，没有再多说什么，走进了小书房。

屋子的中央摆放着一个画架。克拉拉揭去了挂在作品上的幕布，乔纳森多年以来梦寐以求的时刻终于到来了。他凝望着作品，简直不敢相信自己的眼睛。

画中的年轻女人站立着，面朝内，背对外，似乎永远定格在那里。身上的褶皱长裙呈现出的是一抹脱俗的红色，乔纳森生平第一次看到这样的红。他用手指轻抚着画面。眼前的作品超出了他所有的想象，简直无与伦比。这幅作品的主题违背了弗拉基米尔之前给自己定下的所有准则。还有那一抹无法形容的红，乔纳森不由得联想到画家亲手调配颜料的情景。

乔纳森陶醉于其中，似乎忘记了自己鉴定专家的身份。画家对于逆光效果的运用其实是一种十分现代的绘画技巧。光在画面上不再只是灵光闪现的物体，而是被精确描绘的对象，这是二十世纪绘画史上的一大进步。在远景位置，一棵带着蓝色光泽的杨树生长在祖母绿的天空下，这种色彩的运用明显带有后来野兽派的痕迹。通过这幅作品，乔纳森更清晰地感受到画家的才华横溢。弗拉基米尔不属于任何一个时代。这幅作品已经达到了前无古人，后无来者的境界。

"原来还真有这么一幅作品，伙计！"他喃喃自语，"你最终还是完成了你的杰作。"

他就这样在这幅名为《红裙女子》的作品前伫立着，久久凝视着它。之前就离开了房间的克拉拉整个晚上都没有再回来过，因为她不想打扰这次画家和鉴定专家之间的特殊会面。

直到第二天早晨，她才重新来到了书房。她把一只托盘放到了写字台上，然后拉开窗帘，让阳光透过半开的窗户洒进房间。乔纳森眯缝着双眼，伸展了一下四肢。他来到一张小桌子旁，坐在克拉拉对面，为她沏了杯茶水。他们一言不发地相互注视了一会儿，最后还是乔纳森首先打破了沉默。

"你打算怎么处理这幅作品？"

"这在很大程度上取决于你。"克拉拉以此表明了自己的态度。

乔纳森独自思考了一会儿。他很清楚，这幅他昨晚研究了一夜的作品终将为拉德斯金正名。《红裙女子》让画家从他的同辈人中脱颖而出。从今以后，不论是纽约的大都会博物馆、伦敦的泰特现代美术馆、巴黎的奥赛博物馆、马德里的普拉多博物馆、佛罗伦萨的乌菲齐美术馆，还是东京的普利斯通美术馆，都将争相展出拉德斯金的作品。此时，乔纳森眼前突然浮现出了彼得的身影，想象着在他的拍卖会上，这些博物馆将如何抬高自己的价格来如其所愿。他从口袋里掏出手机拨打了彼得的电话，对方没有接，他便在语音信箱里给他留了言。

"是我。我有个消息想与你分享。那幅我们一起寻找了那么多年的作品，现在正摆放在我的面前。我还可以肯定地告诉你，这幅作品的美超出了我们的想象。它将使你成为最成功、最让人羡慕的拍卖师。"

"你忽略了一个细节。"克拉拉在他的背后说道。

"什么细节？"乔纳森边问边把手机重新放到了口袋里。

"你知道后，一定会为自己忽略了这样一个细节而感到惊诧。"

说罢，她站起身来，伸手想牵乔纳森一起走近作品。他们迅速地交换了一下眼神，克拉拉便马上知趣地把手放回了背后。他们随后依次走向画架。乔纳森再次仔细地研究起了弗拉基米尔的作品。当他意识到自己的疏忽时，不禁睁大了眼睛，赶忙把作品颠倒过来看。刹那间，他感到天崩地裂——弗拉基米尔·拉德斯金没有在他最后的作品上签名。

克拉拉走近他，想把手搭在他的肩上以示安慰，可她马上就放弃了这个念头。

"你别太难过了，你并不是被这幅作品捉弄的第一个人，爱德华爵士一开始也没有意识到这点，他像你一样，只顾欣赏这幅作品的美丽。来，不要总是待在房间里。我觉得适当的散步可能对你有好处。"

在花园里，克拉拉继续讲述画家和画廊主之间的传奇故事。

弗拉基米尔是突然被病魔夺去生命的，在完成《红裙女子》后不久，画家就与世长辞了。爱德华爵士久久难以从痛失好友的悲怆情绪中走出来。此外，他还因画家的作品迟迟得不到应有的认可而感到无比痛心和悲愤。一年后，他以自己的名誉向公众保证，弗拉基米尔·拉德斯金最后的作品是本世纪最重要的作品之一。在他朋友辞世后的第一年，爵士筹办了一场盛大的拍卖会，其中，那幅最后的作品也将借此机会公之于众。这场盛会吸引了来自全世界的诸多收藏家。拍卖会的前一晚，爵士从保险箱中取出作品，准备把它带到第二天的盛会上。

当他发现作品上没有画家签名的时候，已经太晚了。整场拍卖会的焦点都落到了他身上，而这本来是一场他为已逝故友举办的盛会。当时，所有的商人和批评家都借此机会对他进行攻击。整个艺术界都对他嗤之以鼻。爱德华爵士被指责展出了一个冒牌画家的作品。他名声扫地，贫困潦倒。爵士放弃了他在英国的所有地产，匆匆离开了那里。他和妻子、女儿一起来到了美国生活，几年后便默默无闻地去世了。

"你是从哪里获取这些信息的？"乔纳森问道。

"难道你还不明白你现在是在哪儿吗？"

看到乔纳森一脸茫然，克拉拉不由得爆发出一阵爽朗的笑声。

"你现在所处的地方，正是当年爱德华爵士的住所。你的画家在这里度过了他最后的时光，他也正是在这里完成了许多杰作。"

乔纳森环顾四周，以全新的视角重新审视起了这幢房子。当他瞥见窗外的杨树时，便开始想象画家照着它作画的样子。他还开始猜测，弗拉基米尔会在哪些地方支起画架作画。他突然发现眼前的这番景色也曾出现在画家的作品里，这幅画作现在被英国的一家小型博物馆收藏着。别墅周围的那一排白色围栏长得望不到尽头。远方的山丘比画上画的要巍峨很多。乔纳森跪到地上，他发现弗拉基米尔其实是坐着而非站着完成作品的。这样看来，克拉拉一定是混淆了故事发展的时间顺序。在搬到这里来的两年后，弗拉基米尔的身体状况可能已经衰退得很厉害了。他和克拉拉继续在这样一个美好的夏日午后散了会儿步，之后，他们便返回了别墅。

※

乔纳森整个下午都待在那间小书房里，直到黄昏时分才想起克拉拉，此时她正在厨房里哼着小曲。他悄无声息地走进厨房，靠着门框，凝望着她。

"你真有意思，每当你在思考的时候，总喜欢双手交叉放到背后，然后眯起双眼。你有什么心事吗？"克拉拉问道。

"我的心事太多了！离这儿不远的地方好像有家乡村小饭店，我们可以去那里吃晚餐，我向你保证，我的车技已经突飞猛进了。再说，我现在好饿，你不饿吗？"

"我也饿得不行了！"她说着把手里的餐具往洗碗槽里一扔，"我上楼换一下衣服，我们两分钟后就能出发。"

她果然说到做到。乔纳森本想用手机联系彼得，可电话那头依然无人接听。挂断后，他无意中发现自己的手机没电了。此时，克拉拉已经在客厅的楼梯边上招呼起他来。

"我准备好了！"

老式敞篷车在皎洁的月光下疾驰在公路上。克拉拉把一条丝巾包裹在头发上，借以抵挡风寒。乔纳森则寻思着自己上次满心欢喜的状态应该追溯到何时。他突然想到彼得，觉得应该事先告诉他，画家其实没有在《红裙女子》这幅画上签过名。他已经能够想象他气急败坏的样子，并开始思考自己应该如何来挽救朋友的事业。他需要在几天的时间内找到证明这幅作品确实出自这位画家之手的方法。

虽然画中的每一笔对乔纳森来说都比任何签名更有价值，然而这寥寥几笔的缺失却能在艺术界激起千层浪。首先，他必须设法解开画家为何没有在画上落款的谜团。是不是因为他违背了自己定下的两条绝对准则：不用红色颜料和不画任何女人？如果画家仅仅出于这两点而决定匿名创作，那简直就是在捉弄一个多世纪后为了提高他作品的影响力而不懈努力的专家们。

"弗拉基米尔，你为什么要这么做呢？"乔纳森在心里默默地问道。

"这也是我一直在追问自己的问题。"克拉拉说道。

此时，两人坐在饭店老板安排他们就座的桌子旁，桌上的一盏小灯照着克拉拉的脸。乔纳森抬起头，抑制不住看着她的渴望。

"你难道能读懂我的内心？"

"那是因为我有共鸣！老实说，我并没有什么过人之处，你刚才在心里默念那个问题的时候，你嘴唇上的运动和你内心的想法是完全同步的，你自己可能都没有意识到这点。"

"如果作品没有落款的话，必将激起无数质疑的声音。我们必须尽快找到能证明拉德斯金确实是作者的证据。"

"你准备从哪儿着手呢？"

"从作品本身着手。我需要找到画家在创作《红裙女子》时所用过的原始颜料，这样就可以和画家在其他作品中使用过的颜料做一个比较。这是我们能找到的证明这一作品真实性的第一条线索。"

此时此刻，两双手之间只有几厘米的距离。他们只须克服那份羞涩或恐慌，就可以让两只手合二为一。说不定等两人的手放到一起时，就会神奇地传递出那个同时困扰着两人但他们从未交流过的问题的答案，谁又知道呢？

乔纳森暂住在别墅的客房里。他把包放到一把扶手椅上，然后倚在床边，床上挂着一个原色的帷幔。房间里有两扇窗子，它们都正对着花园。乔纳森走近其中的一扇，呼吸着杨树散发出的清香，只见它在黑夜里的微光中随风摇曳。他微微打了一个寒战，随后便关好窗子走进了浴室。克拉拉来到走廊上，情不自禁地在他的房门前驻足了一会儿，然后便走向自己的房间，她的房间位于走廊的另一头。

第二天，乔纳森起了个大早。他洗漱完毕后，便下楼来到厨房。厨房里弥漫着一股木炭烧尽的味道。克拉拉之前的描述并没有夸大，清晨的厨房确实冷若冰窖。大餐桌上摆着两只碗，桌子旁边放着一个大筐。乔纳森在餐桌上留下一封信。他拨旺了壁炉的火，从后门离开，悄无声息地关好了门。花园仍在酣睡，从远处看，它像被包裹在清晨的一颗露珠里。乔纳森深吸了一口新鲜空气，他很喜欢早晨的这段时光，因为只有在这时，两个如此陌生的世界才能在一瞬间相互交融在一起。一切都很平静，没有一根树枝或一根缘壁生长的玫瑰花茎随风摆动。砾石在他的脚下嘎吱作响。他钻进自己的车里发动了引擎，随即离开了别墅。小路的两边种满了参天大树，乔纳森透过后视镜看见别墅由大变小，渐渐远去。当他在街角转弯时，克拉拉恰巧打开了楼梯边上的窗户。

希思罗机场上空下起了淅淅沥沥的小雨，乔纳森归还了汽车，登上短途往返巴士，来到了意大利航空公司的登机手续办理柜台。前往佛罗伦萨的航班要在两小时后才能起飞，他只得在机场两边的商铺间闲逛。

克拉拉走进厨房，看见柴火在壁炉内噼啪作响，不由得微笑了一下。她走向炉灶，放好茶壶后便坐到了餐桌旁。此时，楼上传来了脚步声，那是管家在例行收拾房间。她总是顺便带来当日刚出炉的面包与新出刊的报纸。克拉拉瞥见乔纳森留给她的信。她放下报纸，拆开了信封。

克拉拉：

我今天一大早就出发了，本想叩开你的房门与你道别，可那时你还在睡觉。当你读着这些字句的时候，我已经启程前往佛罗伦萨，去探寻那幅作品的线索。有意思的是，这么多年来一直困扰着我的最大谜团终于可以解开了。我想与你分享一个想法，今天早晨，当我醒来的时候，这个想法是如此强烈。我在想，这个解密的过程就好比一次旅行，在你我相遇的那一刻就注定要开始。但是，它将持续多久？你知道吗？

我今晚会给你打电话，祝你度过美好的一天，其实，我很想陪伴在你的身边，因为我已经开始想念你了。

祝好，

乔纳森

克拉拉折好信纸，慢慢地把它放回睡衣口袋。她深吸了一口气，平静地看着悬挂在天花板上的吊灯，把手升向天空，并爆发出一声欢快的喊叫。

管家多萝西·布莱斯顿夫人把头伸进虚掩的房门里，一脸惊讶。

"您叫我吗，小姐？"

克拉拉用手掩住嘴角，轻咳了几声。

"我没有叫过你，多萝西，一定是茶水烧开的声音！"

"也许是吧。"她说着，瞥了一眼茶壶下面克拉拉忘记打开的煤气。

克拉拉站起来，不能自已地开始在原地转圈。她吩咐布莱斯顿夫人整理好房间后，不要忘记在客房里放上一些鲜花。她决定动身去伦敦，但很快就会回来。

"好的，小姐。"管家边说边走向楼梯。

等多萝西·布莱斯顿一回到走廊，克拉拉马上两眼望天。过了一会儿，她也上楼去了。

当乔纳森的飞机缓缓离开飞机跑道的时候，克拉拉正驾驶着她那辆摩根牌轿车暂别她的乡间别墅。天上火球般的太阳灼烤着大地。

两小时后，她的车停在了画廊前。

※

在距离画廊几千公里的地方，一辆出租车载着乔纳森停在了萨沃伊酒店门口。他走进自己订好的房间，马上给洛伦佐—— 一个久未谋面的老朋友打了个电话。洛伦佐在第一声铃响时就接起了电话，他马上听出了乔纳森的声音。

"是哪阵风把你吹到我们这儿来了？"洛伦佐操着他那带有托斯卡纳口音的法语问道。

"你有空和我一起共进午餐吗？"乔纳森说道。

"如果是和你，我总是有空的！你怎么没有到我家来住，你下榻在哪家酒店？"

"萨沃伊酒店。"

"那好，半小时后，我与你在吉利咖啡馆碰头。"

咖啡馆的露天座上已经坐满了人，然而洛伦佐是城里各式咖啡馆的常客，一个服务生见到他后热情地拥抱了他，并和乔纳森握了握手，随后便引导他们坐好。在咖啡馆门前排着长队的游客们怒气冲冲地看着这一幕。乔纳森礼貌地谢绝了领班递给他的饮料单。

"他点什么我就点什么！"

咖啡馆里人声鼎沸，两个老朋友一起分享着重逢的喜悦。

"你确定已经找到那幅让你魂牵梦萦的作品了？"

"我确定。但我急需你的帮助，我要让全世界都心服口服。"

"为什么你那可恶的画家没有在作品上签字呢？"

"这点我还不太清楚，这正是我要寻求帮助的原因。"

"你一点都没有变！还是如此疯狂。当年，我们一起在巴黎美术馆实习的时候，你就一直在我的耳边唠叨你的弗拉基米尔·拉德斯金。"

"你也没什么变化，洛伦佐。"

"我老了二十几岁，所以，肯定还是有变化的。"

"露西亚娜变化大吗？"

"她还是我的妻子，我孩子的母亲。你要知道，在意大利，家庭就是一个组织。你呢？成家了吗？"

"差不多了！"

"正如我所言，你完全没有变化。"

服务生把账单和两杯浓缩咖啡放在桌上。乔纳森拿出钱包，但洛伦佐马上伸手阻止他付款。

"还是让我来吧，难道你不知道美元在欧洲已经一文不值了吗？一会儿我会陪你去吉池牌颜料店，他们的工作室离这儿很近。我们或许能从那里了解到更多关于颜料方面的信息。几个世纪以来，他们保留着相同的颜料配方。这家店铺是俄国画家的真正回忆。"

"我知道去吉池牌颜料店怎么走，洛伦佐！"

"我知道，可你在那里一个人也不认识，我却不一样！"

他们离开了共和广场。一辆出租车把他们带到了吉池牌颜料店的工作室。洛伦佐来到前台报上了自己的姓名。一个名叫格拉齐耶拉的迷人的棕发女子从里面走了出来，伸出双臂迎接了他。洛伦佐在她的耳边低语了几句，只听她唱歌似的不停地说着"好的"。她向洛伦佐眨了下眼睛，便带着两位客人来到了工作室的里间。三人踏上老旧的木质楼梯，每走一步脚下就会嘎吱作响。格拉齐耶拉拿出一串造型奇特的钥匙，插入门锁。门开了，里面是数十排沐浴在阳光里的硕大书架，一眼望去，简直看不到尽头。架子上的千万册书籍上蒙着一层薄薄的灰尘。格拉齐耶拉转向乔纳森，用几乎听不出口音的法语对他说道：

"你说的画家是哪一年来到我们这里的？"

"在1862年到1865年之间。"

"那请随我向前走。那个时代的常客的资料一般都放在更靠前的位置。"

她来到一排书架前，在一堆旧书中查找着。最后，目光停留在一个精装封套上，套子里装了五本登记簿。格拉齐耶拉随即把它从书架中抽了出来。

她把这几本厚重的册子放在一旁的桌子上。四个世纪以来，吉池牌颜料店的每份订单都被完整地记录在这几本册子里。

"从前，原始颜料的调配就是在这间屋子里进行的。" 格拉齐耶拉说道，"那些最伟大的艺术大师都曾光顾过这里。如今，这里成了附属于佛罗伦萨博物馆的档案室。你要知道，要想进入这间屋子，必须持有博物馆馆长的批条。如果我的父亲看到我出现在这里，一定会火冒三丈。但你是洛伦佐的朋友，所以这里的大门也为你敞开。我会尽力帮助你查找相关资料的。"

乔纳森、洛伦佐和格拉齐耶拉围坐在桌子旁开始忙碌起来。乔纳森一边翻阅着手写的登记簿，一边想象着弗拉基米尔在等待自己的颜料时焦急踱步的样子。拉德斯金常说，一个画家的职责绝不仅限于绘画技术和作品美感，他还需要懂得如何保护作品不受时间的侵蚀。当他在俄国教书的时候，他常看到自己敬重的画家的作品因为一些拙劣的修复工作而蒙上了瑕疵，每当此时，他都会扼腕叹息。乔纳森在巴黎认识几个作品修复师，他们都十分赞同弗拉基米尔的看法。突然，三人听见楼梯嘎吱作响，显然是有人上来了，他们的血液霎时仿佛凝固了。格拉齐耶拉连忙抓起登记簿，冲向书架，把它们放回原来的位置。还未等她镇定下来装出一副无辜的模样来迎接她的父亲，就听见门把手发出了尖锐的声响，她的父亲随即走进房间，脸色阴沉。乔瓦尼把手放到胡子上，厉声对洛伦佐说道：

"你到这里来干什么？我们今天并没有约好要会面。"

"乔瓦尼，见到您总是那么令人愉悦。"洛伦佐说着，欢快地迎上前去。

他把乔纳森介绍给了屋子的主人。当格拉齐耶拉的父亲获悉自己的女儿并没有和洛伦佐独处一室时，表情轻松了不少。

"请不要怪罪您的女儿，是我请求她让我最好的朋友见识一下这个佛罗伦萨独一无二的宝地。他来自美国，更确切地说，是波士顿。现在，我向您隆重介绍乔纳森·加德纳，我和他是在巴黎大学的长椅上相识的。那时，我们在同一所大学里深造。如今，他是世界上首屈一指的鉴定大师。"

"夸大事实可不是我们国家的优良品质，洛伦佐，你就不能努力克制一下这个习惯吗！"格拉齐耶拉的父亲说道。

"爸爸！"他的女儿责备道。

乔瓦尼上下打量了一下乔纳森，又把手放到了胡子上。接着，他扬了扬右边的眉毛，终于把手伸向了他的客人。

"欢迎来我家。如果你是洛伦佐的朋友，那么你就是我们大家的朋友。不过现在，你们最好还是下楼去继续你们的谈话。这个房间的居住者可不太喜欢穿堂风。跟我来吧。"

这位年迈的绅士带着他们来到了一间宽敞的厨房。只见一个头发裹在丝巾里的妇人正面朝着炉灶。她系好围裙上的带子，转身热情地和她女儿的客人们握手。乔纳森看着她，眼皮的不规则运动道出了他对克拉拉的想念。一小时以后，洛伦佐和乔纳森离开了乔瓦尼的住所。

"你今晚还留在这里吗？"洛伦佐边问边陪着乔纳森来到了马路对面。

"是的，我还是想等你的朋友有了结果后再离开。"

"格拉齐耶拉会尽力而为的，你完全可以信任她。"

"如果她的父亲能放手让她工作就好了。"

"不要担心，我很了解他，别看他平时一副令人生畏的样子，可是只要一看到他的女儿，他就立刻是融化的白雪了。"

"我真是欠你一个大人情，洛伦佐。"

"那就今晚到我家来吃晚饭吧，露西亚娜见到你一定会很高兴。再说，到时候我们还可以一起讨论你即将完成的发现。"

洛伦佐在乔纳森的酒店前与他分手道别，随后便回到艺术学院重新开始工作。他是学院中一个研究科室的主任。乔纳森本想去乌菲齐美术馆参观，可不巧美术馆那天暂不对外开放。他顿感不快，只得穿过韦基奥桥，来到了碧提宫。他去售票处买了一张门票后便走进了波波里花园。

他穿过花园，登上楼梯，来到了一个露天平台，这个平台和皇宫之间隔着百合花喷泉。从平台上远眺佛罗伦萨，它的美丽真是动人心弦。远方的穹顶和钟楼俯瞰着整个城市，各式屋顶层层叠叠，一眼望不到边。乔纳森突然想起卡米耶·柯罗于1840年创作的一幅作品，这幅作品现在被悬挂在卢浮宫里。花园里矗立着一座建于十五世纪的圆形剧场。在园子中央，他还能够欣赏到古罗马风格的喷水池，以及外表酷似埃及方尖碑的建筑。乔纳森继续朝着山丘的顶部走去。在他的左侧，一条向上的坡路一直通向一个环形交叉口。他来到一棵树下小憩片刻，尽情享受着佛罗伦萨午后的温暖。在他旁边的石板长椅上，坐着一对手挽手的夫妇。他们默默地欣赏着周边庄严的作品。波波里花园里到处洋溢着平静与祥和，仿佛里面的一切都是由时间精心雕琢的。乔纳森心中不由得泛起了涟漪，他闭上双眼，品味着这份惬意，朦胧间，他继续向柏树小道走去。

一条长长的坡道两旁种满了参天古树，坡道的尽头是伊索罗托广场，广场中央有个硕大的池塘，一排雕像矗立在池塘的四周。池塘中央的湿地上还种植了一些橘子树和柠檬树。乔纳森走向一旁的海神喷泉。在一群神秘的人像之间，弗拉基米尔的脸庞突然倒映在平静的水面上，就好像画家悄然来到了他的身后。乔纳森转过身去，确信在一棵大树后认出了弗拉基米尔躲闪的身影。只见这位年迈的画家神游在古代文明中，这些文化元素使这个地方蒙上了一层神秘的色彩。乔纳森鬼使神差地跟着画家来到了海神喷泉边；弗拉基米尔在丰收之神的雕像前停下，转身朝乔纳森走来。他在嘴唇前比画了一下，示意乔纳森不要说话，随后，画家以保护人的姿态把手搭在了乔纳森的肩上，带着他继续向前。

他们并肩走上一条小径，这条小径一直通向贝尔维德城堡。随后，在城堡右侧附近，他们又踏上一条通向岩洞的坡道。"这个岩洞的设计出自布翁塔伦蒂之手，它由几个大厅组成，每个大厅里都装点着喷水池、绘画作品、钟乳石和一尊用石头雕刻而成的人像。"画家在乔纳森耳边低声说道。"看，它多么美。"画家继续自语道。然后，他便和乔纳森道别，消失在了他的梦境里。乔纳森也从梦中惊醒，从长椅上站了起来。

离开花园的时候，乔纳森途经酒神喷泉，他向池中骑着乌龟的小矮人打了声招呼。

※

　　格拉齐耶拉悄无声息地溜进了小阁楼。她轻轻地转动门把手，穿过一排长长的书架，随后小心翼翼地取下了登记簿。她把它放到桌上后，便在一盏台灯的微光下开始了洛伦佐请求她完成的搜寻工作。正当她专心致志地工作，她的父亲冷不丁坐到了她的身旁，格拉齐耶拉被吓了一跳。他拍了拍她的肩膀，然后一把抱住了她。

　　"我的女儿，我们需要为你的朋友们查找些什么资料呢？"

　　她莞尔一笑，吻了一下父亲的面颊。旧书的页面被迅速地翻动着，细碎的灰尘飞扬在阳光中，仿佛在叙述着字里行间透露出的神秘传说。格拉齐耶拉和乔瓦尼一直工作到了黄昏。

※

　　佛罗伦萨的夜幕已经降临，乔纳森来到了一座十六世纪的建筑前，洛伦佐的公寓就坐落于此。此时，格拉齐耶拉正巧从家中的花园出发。只见她身着一件宽大的女式披肩，这并不是为了抵御托斯卡纳夜晚的凉意，而是因为她在腰际紧紧裹藏着一本精装的大开登记簿。她抬头望了一下楼上的窗户，看见自己的父母正在看电视。她趁势穿过门廊，溜到了马路上。

※

　　在伦敦，克拉拉正在与一个英国拍卖师和他随行的鉴定专家交谈着。她悄悄瞥了一眼手表，随后告诉乔纳森和彼得的竞争者，她已经有了自己的选择，他们的参选计划很遗憾地成了泡影。随后，她离开了房间。关门前，她望了一眼挂在会议室的那幅卡米耶·柯罗原作的复制品，这幅作品简直达到了以假乱真的境界。克拉拉看似沉浸在画作的美景中，心却早已飞向了佛罗伦萨。

※

安娜穿行在波士顿老港口的露天市场里。她在沿街一家咖啡馆的露天座上坐下，翻开了一份报纸。十分钟后，一个满头白发的老妇人坐到了她的对面。

"对不起，我迟到了。可路上实在堵得厉害。"

"事情进展得如何了？"安娜边问边放下了报纸。

"事情的发展完全超乎了我的预期。如果有一天我决定发表我的工作成果，那我很有可能会获得诺贝尔奖。"

"如果你哪天发表了它们，人们马上就会把你关进疯人院。"

"也许你是对的。人类总是拒绝承认那些震撼人心的发现。然而，正如我的一个老朋友所言：就算如此，地球仍会照常运转！"

"你有照片为证吗？"

"当然有。"

"看来，在这个美好的世界里，一切都在朝着好的方向发展。我已经急不可待地想要完成这件事了。"安娜说道。

"亲爱的，耐心点。"白发妇人说道，"我们既然已经等了那么久，再多等几周也无所谓。时间总比我们想象的过得快，相信我吧。"

"这正是我一直以来在做的事。"安娜边说边挥手示意让侍者过来。

※

露西亚娜准备了一顿丰盛的晚餐。洛伦佐的两个孩子都跑来向乔纳森问好。格拉齐耶拉在大家准备入座时加入了他们。

"我想，我找到了一些相关资料，我们过会儿再一起研究吧。" 格拉齐耶拉说道。

等晚餐一结束，格拉齐耶拉就回到屋子的入口处，拿起刚才藏在披肩里的包裹。

她把登记簿放到客厅的桌上，然后打开。乔纳森和洛伦佐坐在她的两旁。

"你的弗拉基米尔从未来过佛罗伦萨。至少，他从没有踏进过吉池牌颜料店。"

"这不可能！"乔纳森说道。

洛伦佐示意他让格拉齐耶拉说完。格拉齐耶拉翻过登记簿的一页，接着又是一页，最后还是回到了起始页。

"看，这里写着呢。"她说着，指了指用蓝色墨水笔写下的字句。

只见页面上第一栏里记录着订购的内容：颜料、画笔、溶剂、防腐剂，第二栏里填写着订购的日期，第三栏是应付的数额，最后一栏则是订购人的名字。然而，在最后一栏里清清楚楚地写着爱德华爵士的名字。

"光顾我们店铺的，其实并不是画家本人。" 格拉齐耶拉补充道。

这样一来，乔纳森千里迢迢赶来试图破解的谜团变得更加扑朔迷离了。

"我特意为你列了一张爵士订购过的产品清单。你可能会注意到这样一个细节：这个画廊主出手十分大方。他所选择的颜料的价格在当时可算得上是一笔巨款。"

她继续向乔纳森解释道："为了提高颜料的纯度，加工者们常把颜料盛放在一个平底容器中，然后把它搁在店铺灼热的屋顶上。到了晚上，他们只保留容器表面的那层液体。

"其实并不仅这些。我还注意过他所购买的画笔。它们全都是马约利卡牌画笔，这个品牌的画笔质量上乘，使用的是和剃须用具一样的獾毛。它们同样价值不菲，但这种画笔能让画家在调配颜色时保持流畅与顺滑。"

露西亚娜给他们送上了咖啡。格拉齐耶拉小心翼翼地把本子合上，等她把登记簿放到远一些的地方后，他们才开始喝。

"如果你的父亲发现了你的所作所为，那我无论走到城市的哪一个角落，都将能听到他怒喝我名字的声音。"洛伦佐边说边看着她。

"是他帮我把本子包裹好的。你应该也很了解我爸爸的脾气。"

洛伦佐曾是乔瓦尼的学生，按他的话来讲，他是一个令人头痛的学生。事实上，洛伦佐是他最喜欢的学生之一，因为他的求知欲永远不会枯竭。

"如果爸爸知道了我所做的一切，那我就去罗马度假。"格拉齐耶拉说道。

格拉齐耶拉从口袋里拿出一张纸，上面记录了爱德华爵士在佛罗伦萨购买过的所有颜料调配成分。

"我还为你准备了每一种颜料的样品。你可以把它们和作品中的颜料做一个对比。我不知道这些工作是否能帮助你完成作品的鉴定工作，但我能做的也只有这么多了。"

乔纳森站起身来，紧紧地拥抱了格拉齐耶拉。

"我真不知道该如何感谢你，你所做的一切正是我需要的。"

格拉齐耶拉挣脱了这个突如其来的拥抱，满脸绯红，轻咳了几声。

"那就请为你的画家正名吧，其实我也很喜欢这位画家。"

聚会不知不觉地结束了。洛伦佐打算把格拉齐耶拉和她珍贵的登记簿一起送回家。当他陪着她来到吉池牌颜料店时，格拉齐耶拉问起乔纳森是否仍然单身一人。洛伦佐微笑了一下，说他朋友的感情生活最近有些复杂。格拉齐耶拉耸了耸肩，笑着说道：

"每当我对某个人有好感的时候，情况总是这样。正如我的祖母所言：一次美丽的邂逅指的是在合适的时候遇到合适的人。不管怎么说，我还是很高兴能认识他。代我向他问好，并且告诉他，如果下次他再碰巧回佛罗伦萨的话，我很愿意与他共进午餐。"

洛伦佐答应了她的请求，等格拉齐耶拉把门一关上，他就打道回府了。露西亚娜趁洛伦佐不在，和乔纳森攀谈起来。

"洛伦佐告诉我，你终于下定决心要结婚了，是这样吗？"

"六月十九号，如果你们能来就太好了。"

"这可大大超出了我们的财力范围！我的丈夫有着一份令人敬仰的职业，每天看着他从事自己热爱的事业，我很满足，但一个学者的薪水毕竟有限。可我们很幸福，乔纳森，你知道吗？我们从来没有一天停止过幸福。我们衣食无忧，更重要的是，整栋房子里都充满了爱。"

"我了解，露西亚娜。你和洛伦佐都是我所敬重的人。"

露西亚娜转向乔纳森，并抓起了他的手。

"你准备好与你的妻子一起创建一个如此美丽的未来了吗？"

"为什么你问我这个问题的时候，要这样看着我？"

"因为我觉得作为一个即将在几周内完婚的人，你并不感到很幸福。"

"最近我确实感到有些不安。我本应陪着她在波士顿一起准备婚礼事宜，而我现在在佛罗伦萨全力破解一个世纪谜团，其实我本可以等几个月再去解开这个秘密。"

"那你为什么又来了呢？"

"我也不知道。"

"我觉得其实你心里很明白，你是个聪明人。难道突然出现在你生命里的就只有这一幅画吗？"

乔纳森看着露西亚娜，一脸愕然。

"你现在学会读心术的本领了？"

"我唯一的本领就是用心观察我的丈夫、孩子和朋友。这是我理解和爱护他们的方式。"

"那当你看着我的时候，你看到了什么？"

"我在你的眼睛中看到了两束光亮，乔纳森。这是无法掩盖的事实。一束光亮照亮你的理智，另一束则点亮你的情感。人们总把所有的事情都混淆在一起。你要当心，如果一个人总是左右为难，他就会很容易心碎。若想听懂自己的心声，其实只须用心地聆听。我就知道一个很容易的方法……"

　　此时，洛伦佐按响了门铃。露西亚娜起身，微笑着对乔纳森说道：

　　"他又忘记带钥匙了！"

　　"你说的简单方法是什么，露西亚娜？"

　　"喝过了我刚才给你倒的白兰地，你今晚一定能睡个好觉，这酒是我自己调配的，我自然很了解它的功效。明天早晨，当你醒来的时候，注意第一个闪进你脑海的脸庞，如果这张脸庞恰巧就是你入睡时想着的那个她，那么，你就会找到困扰你多时的问题的答案。"

　　就在这时，洛伦佐走了进来，轻拍了一下他朋友的肩膀。乔纳森站起身，满怀深情地与主人们道别，并承诺一有时间就会再来探望他们。夫妇俩把他一直送到街道的尽头。随后，乔纳森便独自前行来到了共和广场。吉利咖啡馆已经打烊，店里的工作人员正在清理露天座位。一个服务生还向乔纳森挥手致意。乔纳森也同他打了招呼，然后便信步穿过几乎空无一人的广场。一路上，他无时无刻不在想念着克拉拉。

※

　　克拉拉走进她在诺丁山的小公寓。她没有开灯，公寓里一片漆黑，只有客厅里还散发出些许昏暗的亮光。她的手滑过走廊上的小桌和沙发，又轻拂了一下灯罩，最后来到窗边。克拉拉望着窗外冷清的街道，身上的大衣也在不知不觉中滑落到了地上。她解开裙子，脱去衬衫，从椅背上拿了一条花格子毛毯裹在赤裸的身上，随后便蜷缩在一旁的扶手椅里。突然，她飞快地瞥了一眼电话机，叹了口气，回到了自己的房间。

※

第二天一大早，乔纳森就离开了萨沃伊酒店。不一会儿，他就登上了飞往伦敦的第一班飞机。等飞机一降落，他就在希思罗机场里的无数过道中飞奔起来。在气喘吁吁地通过了海关后，他又继续奔跑。当到达出口时，他看了一眼等候出租车的长龙，立马转身冲向特快列车的站台。希思罗的特快列车在十五分钟内就能到达市中心，也就是说，如果他能赶得上下一班列车，那他就可以把醒来时就萌发的渴望转化为现实了。

他气喘吁吁地登上了令人头晕的自动扶梯，扶梯一直通向地下深处。乔纳森三步并作两步地走下扶梯，转了个弯，跳上了光滑的大理石地面。随后，他又走上一条望不到尽头的过道。天花板上规则地悬挂着许多电子公告牌，上面显示了下一班开往伦敦的列车将于两分二十七秒后出发。可乔纳森到现在都没能望见站台，他不由得加快了脚步。

过道好像永远也走不到尽头，然而铃声已经响起，公告牌上也在不停地闪烁着剩余的秒数。乔纳森使出最后的力气奔跑着。当他到达站台时，列车的门正要关上。乔纳森伸出双臂，猛地跳进了车厢。预计八点四十五分出发的特快列车终于启动了。十五分钟的旅程正好能让他喘口气。等列车一到站，乔纳森又奔跑着穿过帕丁顿火车站。他很快拦到了一辆出租车，跳进车内，出租车随即疾驰而去。在九点十分的时候，他坐进了艾尔伯玛街十号对面的咖啡馆里，克拉拉将于五分钟后到达。是谁说过为了记住某些人的习惯，只须花时间去观察他的生活就可以了？

　　五分钟后，只见克拉拉一边专注地看着一篇文章，一边迈着机械的步伐走向吧台。她头也不抬地点了杯卡布奇诺，在柜台上放了一枚硬币，便拿着杯子坐到了一个靠窗的位置。

　　她正要把咖啡送入口中，一张白色纸巾突然映入了她的眼帘。可她并没有马上抬头，因为她觉得如果非要压抑涌上心头的喜悦之情，那将是一种莫大的损失。她转动着椅子，很想一下扑进乔纳森的怀抱。但她很快在椅子上坐好，试图用咖啡杯遮住自己的脸，以掩饰内心的激动。

　　"我有好消息要告诉你。"乔纳森说道。

　　他们来到对面的画廊，乔纳森几乎向克拉拉描述了意大利之行的每一个细节。

　　"我不能理解。"克拉拉若有所思地说道，"在写给一个客户的信里，爱德华爵士明明开心地说起，他把弗拉基米尔送到佛罗伦萨去旅行了。那他为什么要说谎呢？"

　　"我也有同样的疑问。"

　　"你什么时候可以把这次带回来的样品和作品上的颜料做一个比较？"

　　"我需要先和彼得取得联系，他会给我推荐一些英国的实验室。"

　　乔纳森瞥了一眼手表，现在伦敦已将近中午，而美国东海岸还只是早晨七点。

"可能这个时候他还没有上床睡觉呢！"

※

彼得摸索着寻找噪声的来源，尖锐的电话铃声已经搅得他不能安然入眠了。他摘下眼罩，手臂越过在一旁熟睡的安妮塔，接起了电话，低声抱怨道：

"不管你是谁，你都罪该万死！"

说着便挂断了电话。

几秒后，电话铃再次响起。彼得从被子里探出头来。

"你真是又烦人又执着啊！你到底是谁？"

"是我。"乔纳森平静地回答道。

"你看看现在是几点，而且今天可是周日啊！"

"今天已经是周二了，彼得！"

"妈的，我完全没有注意到时间的流逝。"

当乔纳森向他解释自己打电话来的目的时，彼得却在温柔地摇着睡在他边上的尤物。他低声让安妮塔快点起床洗漱，因为他已经迟到很久了。

安妮塔耸了耸肩，坐起身来。彼得又一把抱住她，深情地吻着她的前额。

"如果你能在十分钟内洗漱完毕，我就开车送你回家。"

"你在听我说话吗？"乔纳森在电话另一头问道。

"除了你，我还能听谁说话？不过，你还是重复一下你刚才说过的话吧，我们这里实在太早了。"

乔纳森委托他帮自己联系一个英国的实验室。

"你若想给这幅作品照一下X光，你可以以我的名义联系我的·个朋友，他的实验室离你的酒店很近。"

乔纳森匆匆在一张纸上记下了彼得口述给他的地址。

"不过，你若是想做一些器官方面的检查，那还是我来打电话吧。"彼得继续说道。

"我不打搅你了，我要提醒你的是，我现在之所以分秒必争完全是为了你。"

"谢谢你能在我起床的时候提醒我这点，刚才我还想着要想开启这新的一天，我好像还缺了点什么。"

彼得已经差不多整理完了他从伦敦带回来的所有资料。他在佳士得拍卖行的资料室里，复印了拉德斯金在伦敦生活时的一些媒体报道。

读完所有文章后，他就为爱德华爵士举办的那次著名的拍卖会拟了一篇综合论述，就是在那次拍卖会上，《红裙女子》神秘失踪了。

"我们需要弄清楚它是如何失踪的。"

"这可真令人安心啊，我们不过是在二十年前才开始查找相关资料的，我想我一定能在两周内破解这个谜团的。"彼得讽刺地回答道。

"你还记得你的警察朋友是怎么说的吗？"乔纳森接口道。

"我有很多在警察局工作的朋友，你可以说得再详细点吗？"

"我指的是住在旧金山的那个！"

"啊，乔治·皮尔盖！"

"你曾经在我们的调查过程中向我引用了无数遍他的话：其实只要有

一个小小的突破口，就能厘清事情的脉络。"

"我记得皮尔盖比你说得更为精妙。不管怎样，等我可以进行下一步调查工作的时候，我会再给你打电话。"

彼得挂断电话的时候，安妮塔正好从浴室里出来，只见她穿着一条牛仔裤和一件紧身T恤。她之所以穿这么紧身的上衣，是为了每次洗完衣服后就无须再去熨烫了。彼得犹豫了一下，还是伸手让安妮塔帮助他起床，岂料彼得抓住她的手后，又一把将她拉到了怀里。

※

乔纳森拨打了彼得给他的电话号码。这个放射科医生询问了作品的大小，随后便让他在电话那头耐心地等待一会儿。几分钟后，他又重新回到线上，乔纳森是幸运的，因为医生正好还有两块符合作品尺寸的透视板。

碰面时间被定在了当天下午，克拉拉和乔纳森犹豫不决地对视了一会儿，最后还是用遮布包裹好了作品。尽管两人疯狂地寻找，但运货用的箱子和卡车却不见踪影。两人只得喊了一辆出租车，汽车把他们带到了公园路和格林路之间的一条小马路上。他们按了一下对讲机的按钮，一个声音指示他们前往三楼。乔纳森迫不及待地登上了楼梯，克拉拉则紧随其后。

一名身着白色工作服的助手为两人开了门，并带着他们来到了等候室。只见一个孕妇正在等着她怀孕四个月的超声波检查报告，一个腿上裹着石膏的年轻人则在研究他的检查报告。当一个戴着围巾的病人用怀疑的口吻问起乔纳森的病症时，克拉拉拿起桌上的《泰晤士报》津津有味地读了起来。此时杰克·索尔萨医生从门缝中探出头来。他向乔纳森和克拉拉微微点了下头。"他们属于紧急情况。"他低声向周围的病人们解释道。

"快让我先见识一下这件宝物吧！"他边欢快地说着边把两人带进了放射室。

乔纳森拿掉了盖在作品上的遮布，彼得的朋友杰克·索尔萨，这个绘画的狂热爱好者也不禁被《红裙女子》的美所深深打动。

"彼得果然没有夸大。"他说着展开了实验用的桌子，"我打算九月份的时候到波士顿去拜访他，因为到时我会去那儿开个医学研讨会。"他一边说一边帮乔纳森摆放好了作品。

随后，医生用记号笔标好了放射的区域。接着，他又熟练地在桌子下插进一块胶片版。最后，他把放射装置调整到作品上方垂直的位置。完成了这一切后，他递给来访者两件棕色的防辐射服。

"这种衣服可以起到保护作用，你们必须穿上它！"医生说道。

在穿上这件古怪的衣服后，乔纳森和克拉拉便退到了玻璃罩的后面。索尔萨医生最后检查了一下装置，随后便来到了两人的身旁。他按下了按钮，只见一束光线照射到作品的每个角落，并在胶片上记录下了它所藏匿的秘密。

"请屏住呼吸，现在开始第二次照射。"医生说着，走向前去换了一张胶片。

乔纳森和克拉拉在装置边耐心地等待着片子的显影。十五分钟后，杰克·索尔萨医生重新出现在他们的面前。他把两张股骨的片子和一张右肺的片子从荧光屏上拿下，换上了刚刚拍好的片子。弗拉基米尔作品的X光片顿时呈现在了他们的眼前。对于所有的专家和修复师来说，为一幅作品做透视仍是一件新鲜事。X光线揭开了作品的神秘面纱；通过它的帮助，乔纳森了解了画家所用的画布材质。他把这张片子和画家其他作品的X光片做了一个比较，更加确定了这幅《红裙女子》和拉德斯金在英国完成的其他作品用的都是同一种画布。

乔纳森又专注地研究了一会儿X光片，突然，他又有了一个新的发现。

"你可以关一下灯吗？"他低声说道。

"这是唯一一张我看后无法得出任何结论的片子。"杰克·索尔萨说着走向了开关，"我希望你们对它的质量还算满意。"

房间陷入了一片黑暗，只有墙上的荧光屏还散发着光亮。克拉拉和乔纳森的心开始以同样的节奏跳动起来。他们惊异地发现，在《红裙女子》的各个角落，画家用铅笔写满了各种注释。

"他想向我们表达些什么呢？"

"我只看得到一连串数字和几个大写字母。"克拉拉用同样的语气说道。

"我也一样，但只要我能证明这些都是真迹，那这将是我们最有力的证据。"乔纳森低声自语道。

杰克·索尔萨医生在他们背后轻咳了几声。他暗示在等候室里的病人的耐心已经快被耗尽了。乔纳森收好片子，克拉拉则重新包裹好作品，他们一再感谢医生的热情接待。离开的时候，他们许诺一定代他向彼得问好。

两人回到画廊，在一张灯箱桌旁坐下，克拉拉习惯在这张桌子上观看幻灯片。随后，两人便把一天剩下的时光都花在了研究X光片上。克拉拉井井有条地把画家的注释复制到了乔纳森的笔记本上。乔纳森则走开了一会儿，他拿起包，在里面寻找着一些资料。

克拉拉一不小心把乔纳森那本螺旋式笔记本碰到了地上，她弯腰把它拾起，并试图找回她刚才正在书写的那一页。然而，她在不经意间翻到了另外一页。她慢慢地轻拂着一张肖像画，画中的人是她再熟悉不过的脸庞。此时，乔纳森重新回到了她的身边。她飞快地合上本子，把它放回了桌上。

弗拉基米尔用铅笔在画上写的那些大写字母并不足以证明他就是画的作者。然而，他们那天的努力并不全是徒劳无益的。乔纳森至少了解了这幅作品的画布材质，它和画家之前所用过的画布材质完全一致。十厘米见方的画布需要用十四根纬线和经线编织而成，这与爱德华爵士为画家订购的画布织法十分相似。事实上，《红裙女子》的画框和其他作品的画框也是一样的。夜幕降临，乔纳森和克拉拉关闭了画廊，两人决定到寂静的小路上去散一会儿步。

"我对你所做的这一切深表感激。"克拉拉说道。

"为了达到最终的目标，我们前面要走的路还很长。"乔纳森回答道，"其实，该说感谢的人应该是我。"

两人沿着冷清的人行道缓步向前，乔纳森又谈起如果自己想在规定的期限内完成任务，就必须寻求其他帮助。就算他很确定作品的真实性，如果想让世人也同样心服口服的话，就需要继续开展一些调查工作。

　　克拉拉在一盏路灯下停住了脚步，随即转向了乔纳森。她本想说些合时宜的话，但也许此时此刻，彼此间的沉默才是最恰当的表达方式。她深吸了一口气，然后继续向前走去。乔纳森同样也沉默不语。不知不觉中，两人走到了距离乔纳森下榻的酒店只有几米远的地方，他们在酒店门口道别。这个时候，乔纳森的内心其实无比渴望他们能够就这样无止境地走下去。他正这样想着，两人摇摆着的手臂碰巧轻轻地相互触碰了一下。克拉拉的小指钩到了乔纳森的小指，其他手指也在瞬间缠绕在了一起。在伦敦的星空下，两只手合二为一，眩晕的感觉再次出现了。

　　只见几排豪华的水晶吊灯把一个气派的拍卖会场装点得光彩夺目，会场里座无虚席，就算是再偏僻的角落也可以看见一些戴着高筒礼帽、衣着体面的绅士，他们身边常有穿着蓬松裙子的妇人相伴。台上，一位绅士站在一张桌子后面主持着拍卖会。此时他敲了一下小槌，宣告一只古董花瓶已经成交。在后台，也就是乔纳森和克拉拉所处的地方，一群身穿灰色工作服的人忙得不可开交。一块铺着红色天鹅绒的木板被转动了一下，花瓶随即离开了人们的视线。它被一个工作人员从底座上取走，取而代之的是一件雕塑作品。

　　拍卖师转动了一下木板，把一尊青铜像呈现在大家的面前。乔纳森和克拉拉面面相觑。这是他们第一次在这无法解释的眩晕中彼此凝望。虽然他们无法开口说话，但也没有了前几次的不适感。此时，两人仍然牵着手，身体却好像被赋予了一种能够穿越时空的魔力。乔纳森不由自主地靠近了克拉拉，克拉拉也顺势倚在了他的肩上，他立刻就辨认出了她身上特有的香味。突然，拍卖师的槌声让两人吓了一跳，可会场里此时出奇地安静。木板又被转动了一下，等那尊雕塑被取走后，身着灰衣的工作人员便在墙上挂一幅绘画作品，两人很快就认出了那幅作品。另一位工作人员介绍道，这是一位伟大的俄国画家的重要作品之一。紧接着他又补充道，这幅画作是一件抵押品，它来自一位名叫爱德华·兰顿的收藏家之手，他同时也是伦敦一个享有盛誉的画廊主。此时，一个办事员穿过大厅来到台上，交给主讲人一个信封。后者打开信封，看了一眼信的内容，随后便把它交给了身旁的拍卖师。只见他看完信后脸色大变，马上示意那个年轻的办事员走上前来，随后拍卖师悄声问道：

"这是亲手交到你手上的吗？"

那个办事员严肃地点了点头。拍卖师随即大声地命令工作人员撤下这幅作品，因为它是一幅赝品！随后，他用手指向坐在后排的一位绅士。所有的人都把目光聚集到了爱德华爵士的身上，此时他正起身准备离开。突然，有人大喊道："这完全就是一桩丑闻。"第二个声音说，这属于欺诈行为；第三个声音怒喝道，该如何赔偿债权人的损失；第四个声音则高喊："所有的一切只不过是一场骗局。"

那个有着宽阔肩膀的男人冲过拥挤的人群，成功地穿过大门。他疾步走下楼梯，后面跟着一群想要阻止他的商人，不过他最终还是摆脱了他们的追踪，来到了马路上。他走后没多久，拍卖大厅里的与会者们也都纷纷离开了那里。

"快点！"一个声音在乔纳森的耳边响起。在他眼前突然出现了一对飞奔的夫妇，只见他们带着弗拉基米尔·拉德斯金最后的作品匆匆而过。

当他们消失在乔纳森的视野里后，他头晕的感觉也随之消失了。

克拉拉和乔纳森再次面面相觑。在空无一人的街道上，路灯也停止了闪烁。他们慢慢地抬起头。在他们面前矗立着一栋楼房，它见证了两人牵手的全部过程。两人走近一看，发现建筑的白色石板上赫然刻着一行字："在十九世纪，这里曾是梅费尔公爵的拍卖所"。

隐匿的签名

人生中的很多事情往往让人身不由己。为了能够永远地生活在一起，他们必须面对再一次的分别。

当电话铃响起时，彼得关上了办公室的门。他转身按下了扬声器按键。秘书告诉他，有位加德纳先生想要找他，他听到后立刻接起了电话。

"你那边一定已经不早了，因为我都准备要出门了。"彼得说着，拿起了脚边的公文包。

乔纳森和彼得分享了他的调查进展。他已经确定了画布的材质，但无论如何也无法破译出画家藏匿在作品中的那些注释的含义。另外，他很遗憾地发现，那些大写字母根本就无法证明作者的身份。乔纳森仍然需要彼得的帮助，因为他计划开展的鉴定工作需要大量的技术辅助，然而，很少有私人实验室会配备相应的设备。彼得突然想到了在巴黎的一个熟人可能会给予他们帮助。

在挂断电话之前，彼得向乔纳森讲述了他在翻阅那些资料时的一个发现。一篇发表于1867年的媒体报道讲述了发生在一次拍卖会上的一个丑闻，可惜那位记者并未向读者描绘更多的细节。

"那些专栏写手好像很喜欢诋毁你的画廊主。"彼得说道。

"我有理由相信《红裙女子》就是在那天被盗走的,要不就是在它被展出前没几天。"乔纳森回答道。

"难道是被爱德华爵士盗走的?"彼得问道。

"不是的,把作品包裹起来的人并不是他。"

"你在说些什么?"彼得问道。

"这事情说起来有点复杂,我以后再向你解释吧。"

"无论如何,他这样做对自己没有任何好处。因为如果拍卖成功,他的收藏将增值不少。我可是站在一个专业拍卖师的角度和你讨论这个问题。"

"我想,他那引以为傲的财富在那时早已耗尽了。"乔纳森总结道。

"你都是从哪里得到的信息?"彼得诧异地问道。

"这事可说来话长,我觉得你肯定没有兴趣听我讲。爱德华爵士本人可能并不是你我所想象的那个样子。"乔纳森补充道,"关于他突然定居美国这件事,你有什么新的发现吗?"

"很少,但我和你一样也注意到了这个决定的突然性。我不清楚他在当时遭遇了什么事情,但前面提到的那篇报道还说人们在拍卖会当晚就洗劫了他在伦敦的住所。还好后来警察及时赶到,疏散了人群,要不人们可能会放火烧了他的房子。至于他本人,从那以后就再也没有出现过。"

昨天晚上,彼得去了趟波士顿老港口的档案馆。他查看了当时所有从英国来的旅客名单。一艘从曼彻斯特驶来的双桅帆船在开往美国前曾经在伦敦的港口停靠过。这艘帆船的停靠日期和爱德华爵士可能搭乘的日期完全吻合。

"可惜船上没有一个姓兰顿的人，我把名单看了三遍，倒是发现了一个有趣的细节。名单上记载着另一个姓氏——沃尔顿。"

"这有什么有趣的？"乔纳森边问边在一张纸上胡乱画着些什么。

"是没什么有趣的！你以后自己跟她说，要知道每当人们找到自己先祖或自己亲戚的根脉时，都会很感动。沃尔顿这个姓氏和你未婚妻安娜的姓氏就差了一个字！"

听到这里，乔纳森手中的黑色铅笔突然折断了。他沉默了很久。彼得在电话那头呼唤了他很多次，他焦急地拿着话筒，可乔纳森就是不回答。在放下电话听筒的时候，彼得一直在思考，乔纳森是如何确定作品当时是被包裹在一块遮布里的。

※

乔纳森和克拉拉在下午的时候离开了伦敦。彼得为他们和他在巴黎的朋友安排了一次面谈，时间定在黄昏时分。在《红裙女子》的真实作者没有被确认以前，保险公司无权强制他们在运送作品时采取保护措施。再说，他们也没有时间这样做。克拉拉用一块遮布把它包裹好后，又为它套上了一个皮罩子。

一辆出租车把他们带到了城市机场。在通向候机大厅的自动扶梯上，乔纳森站在克拉拉身后，欣赏着她的背影。趁着候机的间隙，两人坐进了一家面向跑道的咖啡馆。透过窗子，他们可以看到飞机有序地排列着。乔纳森走到柜台旁为克拉拉点了杯饮料。当他倚在柜台旁等待饮料的时候，突然想到了彼得，随后又想到了弗拉基米尔，最后暗自思忖：到底什么才是他这趟解密之旅的动力源泉？过了一会儿，他回到座位上，看着克拉拉。

"一直以来，有两个问题一直困扰着我。"乔纳森说道，"但我并不想强迫你回答。"

"先问第一个吧！"克拉拉说着喝了一口饮料。

"这些作品是如何辗转到你手上的？"

"它们就悬挂在我祖母买下的那栋乡间别墅里。但《红裙女子》是我后来才发现的。"

随后，克拉拉便向乔纳森讲述起了当时的情景。早在好几年前，她就打算把阁楼整修一下。因为那栋别墅是国家的保护建筑，所以在动工之前必须先获得许可。然而，有关当局并没有批准这次施工。克拉拉本想放弃这一计划，可每晚老旧的地板都会嘎吱作响，这让克拉拉夜不能寐。于是她找来了当地的一个木匠——华莱士先生。这个木匠很喜欢克拉拉，他答应暗地里帮她整修阁楼。只是更换地板木档而不改变原来的面板，这样的话，就算是文物督察员也不会看出任何破绽。一天，木匠过来找克拉拉说要给她看样东西。克拉拉跟着他来到了阁楼。华莱士先生刚刚在两根木档间发现了一个长宽都为一米的箱子。克拉拉和他一起取出箱子，把它放到一旁的矮凳上。箱子里放的正是包裹着一块灰色遮布的《红裙女子》，克拉拉一下子就辨认出了这幅作品的作者。

喇叭里高亢的声音打断了她的讲述。开始登机了，一对夫妇在入口前拥吻道别，妻子独自出远门。当她通过安检门时，丈夫依依不舍地向她挥手道别，甚至当妻子消失在过道后，他的手仍旧举着，久久不愿放下。乔纳森看着那个丈夫一脸惆怅地登上了自动扶梯，离开了机场。随后，他若有所思地追上克拉拉，两人一起向五号大门走去。

法航的飞机在四十五分钟后抵达了巴黎。画廊的文件使两人顺利地通过了法国海关。乔纳森事先在比格大道的一家酒店里预订了两个房间。他们在那儿放好行李，并把作品放入了酒店的保险柜，随后便一起等待夜晚的到来。西尔维·勒鲁瓦在夜幕降临的时候来到酒店的酒吧与两人会面，她是法国博物馆文物研究与修复中心的重要研究员。三人在靠楼梯的一张桌子旁坐下。螺旋的楼梯一直通向一个阅览室。西尔维·勒鲁瓦专注地听着乔纳森和克拉拉的讲述，随后，三人走进一个位于酒吧和阅览室之间的小客厅。克拉拉解开皮罩，揭去遮布，把作品放到了窗台上。

"它真是太美了。"年轻的研究员用地道的英语感叹道。

她久久地凝望着作品，随后坐到了一把扶手椅上，露出一副为难的样子。

"唉，可惜我帮不了你们，对此我感到很遗憾。昨天我在电话里已经向彼得解释过了，卢浮宫的实验室主要致力于研究国家博物馆的一些藏品。我们从不为私人收藏家效力。如果没有收到博物馆馆长的指示，我是不能擅自动用设备的。"

"我理解。"乔纳森说道。

"可我不理解。"克拉拉说道，"我们千里迢迢地从伦敦赶来，时间对我们来说很宝贵，我们只有不到两周的时间来考证作品的真伪了，而你们拥有所有我们需要的设备。"

"我们的机构和艺术品市场是完全脱节的。" 西尔维·勒鲁瓦又说道。

"这项研究的着眼点正是艺术而非市场。"克拉拉掷地有声地说道，"我们之所以如此努力，为的是能为一位画家正名，证明他的主要作品的真实性，而不是为了能在拍卖会上创造拍卖纪录！"

西尔维·勒鲁瓦轻咳了几声，然后微笑着说道：

"你也不必说得那么过火，不要忘记，是彼得介绍你们来见我的。"

"克拉拉说的都是事实。我是一名鉴定专家，而非一个商人。"乔纳森接口道。

"我知道你是谁，加德纳先生，你的名气很大。我对你的研究一直很有兴趣，每当读完你的作品，我总能获益良多。我甚至还去迈阿密听过你的一个讲座。也就是在那儿，我认识了你的朋友彼得并和他吃了顿饭。可惜那次我没有机会认识你，因为当时你已经离开了。"

西尔维·勒鲁瓦站起身，握了一下克拉拉的手。

"我很高兴能够认识你。"她向乔纳森说道，随后便离开了小客厅。

"我们现在怎么办？"当门重新关上后，克拉拉问道。

"鉴于我现在需要一台红外线摄像机、一台平光照明装置、一台等离子光谱仪和一架电子显微镜，我想，去巴黎散一会儿步也许是最好的选择，而且，我已经想好了一个理想地点。"

出租车疾驰在堤岸上。从特罗卡德罗桥上望去，埃菲尔铁塔闪烁着夺目的光芒，它雄伟的轮廓倒映在塞纳河平静的水面上。荣军院的金色圆顶在夏日的夜色中散发出柔和的亮光。出租车把他们带到了橘园美术馆前。在协和广场上，一个孤单的老人游走在两个喷水池之间。只见水从雕像的嘴里喷射而出，形成一条长长的水柱。克拉拉和乔纳森默不作声地沿着堤岸前行。他们一路走到了杜伊勒里花园，看着左侧的林荫小道，乔纳森不由得想到了意大利的波波里花园。

"等到了波士顿，我们一起沿着查尔斯河散步好吗？"克拉拉问道。

"好的，我答应你。"乔纳森回答道。

他们穿过狮门。在他们脚下，也就是在卢浮宫的地下室里，坐落着一个叫作法国博物馆文物研究与修复中心的地方。

※

当西尔维·勒鲁瓦进入地铁站时，她的手机响了。她停下脚步，在包里寻找着手机。她接通后发现是彼得打来的电话，他开口就问道，在这个全世界最浪漫的城市，没有他的陪伴，她正在做些什么。

※

安娜在画架上为一幅作品做着最后的修改。她退后了几步，为的是更好地看清自己的作品。这时，房间里响起了一连串"哔哔"的声音。她把画笔放到一个笔罐里，来到工作室尽头的书桌旁，桌子就挨着窗边。安娜坐到电脑前，在键盘上输入密码后插入了一张光盘。很快，屏幕上出现了一组照片，它们以幻灯片播放的模式一张张呈现在安娜的面前。第一张照片是在街上拍的，照片上，乔纳森和克拉拉正在艾尔伯玛街的一家画廊里共同欣赏着一幅作品；在第二张照片上，昏暗的路灯照射在冷清的街道上，形成一轮橘黄色的光晕，然而，两个主人公相互凝望的眼神是那么澄澈；第三张照片上，乔纳森和克拉拉一起漫步在某座英式别墅的花园里；另外一张照片拍到两人一起坐在一家咖啡馆靠窗的位置；第五张呈现的则是两人面对面站在多切斯特酒店前的场景；在第六张照片上，可以看到乔纳森倚在一家机场咖啡馆的柜台上，克拉拉则坐在一个正对着跑道的座位上。照片是如此清晰，以至于人们都能看清刚降落的那架飞机的颜色。突然，屏幕下方出现了一个小信封。安娜打开邮件，并下载了附件。附件中是另一组数码照片，它们已经自动开始播放起来。安娜专注地看着它们。在巴黎的比格大道上，克拉拉和乔纳森一起从一家酒店里出来。在最后一张照片上，两人钻进了一辆出租车，照片上显示的时间是晚上九点十二分。安娜拿起电话，拨打了一个市内的号码。对方很快就接起了电话。

"照片很不错吧？"

"是的。"安娜低声咕哝道，"照片拍得很清晰。"

"你不要太乐观了。正如你所言，事情恐怕并没有按照我们预期的进度发展。难道我没有和你说过，这人办事慢得像乌龟？"

"爱丽丝！"安娜生气地叫道。

"我只是把我的想法拿来与你分享。"电话那头的声音继续说道，"不管怎样，还有三周，我们就要大功告成了，他在这时可千万不能放弃。我知道这样做或许有点冒险，但我得知，他们最近好像需要一些帮助。"

"你准备做些什么呢？"安娜问道。

"我在法国有几个很有威望的朋友，你知道这些就够了。我们明天中午还一起吃饭吗？"

"是的。"安娜说着，挂断了电话。

在电话的另一端，通话者把电话听筒重新放到了电话机上。在她的手指上，闪烁着一枚耀眼的钻戒。

※

克拉拉和乔纳森穿过了艺术桥，天空中挂着一轮皎洁的新月。

"你现在焦虑吗？"克拉拉问道。

"我不知道如何才能在规定的期限内完成作品的鉴定工作。"

"你确定这就是他的作品吗？"

"当然！"

"难道你的这份自信还不够吗？"

"我必须给彼得的合伙人提供足够的证据，因为他们同样也承担着许多责任。如果在拍卖会后作品的真实性遭到质疑，那么他们就要对买家做出相应的赔偿，这是关乎几百万美金的大事。我需要的是确凿的证据，所以那些检查对我来说至关重要。"

"如果卢浮宫的实验室执意拒绝帮助我们，那你打算怎么办？"

"我也不清楚。通常我都是和一些私人实验室打交道，但他们的档期常常排得很紧凑，一般需要提前几个月向他们预约。"

乔纳森讨厌自己的这种悲观情绪，他是整件事情的主心骨。如果他成功地证明了作品的真实性，不但可以帮助彼得走出事业的低谷，同时也能为弗拉基米尔·拉德斯金正名。另外，他也许还能解开一个秘密：为何他与克拉拉肌肤接触时会有天旋地转之感。他的手慢慢地靠近了克拉拉的脸庞，却没有与之接触。

"如果你知道我是多么想……"乔纳森说道。

克拉拉退后了几步，转过身去，望着平静的河面。随后她靠到了一旁的栏杆上，微风轻拂着她的秀发。

"其实我的想法和你一样。"她说着，望了一眼流淌着的塞纳河水。

此时，乔纳森的手机响了。他接起电话，听出了西尔维·勒鲁瓦的声音。

"我不清楚你们是如何做到的，加德纳先生，但我想说，你们的人脉确实很广。明天早晨，我将会在实验室等待你们的到来。实验室的入口在卢浮宫的园子里，更确切地说是在狮门的后面。请于七点准时到达。"她说完后便挂断了电话。

"彼得可真有两下子。"乔纳森带着这样的想法离开了。

※

在早晨的这个时候，法国博物馆文物研究与修复中心的大门仍然紧闭着。乔纳森和克拉拉走下楼梯，来到了卢浮宫的地下室。西尔维·勒鲁瓦已经在实验室的防盗窗户后等待着他们。她把胸牌放在磁卡阅读器上刷了一下，门随即徐徐打开。乔纳森与她握了一下手，随后两人便跟着她走进了实验室。

实验室里的现代化程度令人赞叹。金属材质的天桥高悬在上方，下面的工作室里，研究学者、技术人员和作品修复师都在各自忙碌着。这个机构共有一百六十名工作人员，每个人都有着自己的课题。法国博物馆文物研究与修复中心的研究员们既是最新科技的发明者，也是人类文明的保护人。他们把毕生精力都用在了分析、鉴定、修复、保护和整理那些最伟大的作品上。

　　法国博物馆文物研究与修复中心实力雄厚，它有足够的资本可以大肆炫耀，却一直十分低调。该机构经过多年的积累，已经建立起了一个庞大的数据库。这个数据库得到了全世界的认可，并被广泛使用。好几个欧洲和本国的实验室都与这个机构建立了合作关系。弗朗索瓦·埃布拉尔是绘画部门的带头人，此时，他已经在走廊的尽头等待着他们了。只见他也把胸牌放在磁卡阅读器上刷了一下，分析中心的大门便慢慢地向他敞开了。克拉拉和乔纳森就这样走进了世界上最机密的实验室。走廊两边全是些宽敞的大厅，分析中心的中央有一部用玻璃和钢铁制成的电梯，人们可以搭乘这部电梯来到楼上的办公室。各式屏幕散发出的绿色光晕一直穿过了玻璃隔板。乔纳森和克拉拉走进一个大厅，里面的天花板高得惊人。大厅里放着一个硕大的摄影装置。工作人员把作品放到了画架上，然后久久地凝望着这幅弗拉基米尔·拉德斯金的作品。除了有精良的技术作为支持，那些研究员还需要对作品保有一份尊重与理解。负责拍摄的技术人员在作品周围放了一排脚灯。《红裙女子》先是在普通灯光下进行了拍摄，随后又分别在紫外线与红外线的照射下完成了拍摄。

　　这种特殊的拍摄方式可以让人们发现隐藏在画中的秘密或修复改动的痕迹。然而，红外线测定法并未给出让人满意的结果。要想真正破解一幅画的秘密，首先需要分析出它的组成成分。临近中午的时候，研究员们开始了各种抽样分析工作，那些还没有针尖大的样品接受了气相色谱分析，精密的仪器可以分析出作品中的所有成分。等第一批结果出来后，弗朗索瓦·埃布拉尔便立刻把它们输进了一个电脑系统。几分钟后，打印机就开始工作了。很快，大量的数据与图表映入了他们的眼帘。一个研究员马上就以数据库为参考，开始了对比工作。实验室的气氛也变得越来越紧张。《红裙女子》里那张谁也没有看到过的脸庞，此时一定在为这样的气氛感到好笑。自从它进入实验室后，围着它转的工作人员数量便在不断增加。

最终分析作品颜色的是一台古怪的机器——身兼角度分析、光谱测试、拍摄和比色四种功能，然而它看上去和普通的电影放映机无异。此外，这台精密的仪器还能在一分钟内给出分析结果。弗朗索瓦·埃布拉尔拿起分析结果看了两遍，然后递给了西尔维·勒鲁瓦。两人面面相觑。西尔维和他耳语了几句。埃布拉尔犹豫了一下，随后耸了耸肩，拿起墙上的电话拨打了一个四位号码。

"那台加速器现在可以使用吗？"他声音洪亮地问道。

等他听到答案后，便满意地挂断了电话。随后，他带着乔纳森穿过了一扇防盗门，来到一个错综复杂的地方，眼前的走廊完全就像是一个迷宫。

"这是保护粒子的一个方法。"埃布拉尔低声说道，"它们还不够机灵，找不到出口！"

在这条蜿蜒曲折的走廊尽头，有一个宽敞的房间，里面放着一台粒子加速器。只见十几根管子缠绕在一起，应该只有少数学者和技术人员懂得其中的玄机。这台加速器是整个实验室的镇室之宝，也是世界上唯一一台用于文化研究的粒子加速器。等研究员把样品放入加速器后，乔纳森和克拉拉便走进了隔壁的房间，两人坐在一台电脑前，看着加速器做出各种关于《红裙女子》的分析。

※

一天很快就结束了。弗朗索瓦·埃布拉尔坐在书桌前研究着一份分析报告。乔纳森和克拉拉坐在他的对面，两人焦急得就像一对父母在等待孩子的诊断书一样。分析结果让人大跌眼镜：弗拉基米尔在作画时使用了各种天然材料，有颜料、蜡还有树脂等。作品的化学成分相当复杂。然而，卢浮宫里的技术人员无法确切地判断出画中裙子上的那抹红色是由什么成分构成的，因为它实在太让人捉摸不透了。另外一个惊人的发现是，作品从未被修复过，它好像能够抵抗住时间的侵蚀。

"我不知道要和你们说些什么。"埃布拉尔总结道，"就拉德斯金运用的技术手法来看，我们简直可以相信这幅作品是出自一个伟大的化学家之手。"

埃布拉尔在自己的职业生涯中从未看到过这样的奇迹。

"画家还在作品上涂了一种清漆，我们无法测出它的成分，尤其不能理解画家这样做有何用意！"埃布拉尔补充道。

《红裙女子》打破了所有油画变质的规律。作品存放的特殊位置并不能完全解释实验室学者们的疑问。弗拉基米尔到底做了些什么使他的作品随着岁月的流逝非但没有走样，反而变得更加美丽？乔纳森带着这样的疑问，离开了法国博物馆文物研究与修复中心。

"我知道只有一样东西可以让时间留住美丽，那就是情感！"克拉拉说着，登上了楼梯。

他们决定缩短在巴黎逗留的时间，于是回到酒店整理好了行李。在去机场的路上，乔纳森打了个电话给彼得，向他讲述了今天的进展。乔纳森感谢他为他们安排了这次与卢浮宫学者们的会面，彼得显得很惊讶。

"我向你发誓昨天整晚我都枕着我的自尊心在睡觉。西尔维·勒鲁瓦在电话里就把我给撬走了。"

说罢，便挂断了电话。

黄昏时分，载着克拉拉和乔纳森飞向伦敦的飞机降落在了希思罗机场的跑道上。

出租车向市中心方向开去，盖着遮布的《红裙女子》静静地躺在车上。乔纳森陪着克拉拉回到了诺丁山的威斯本园路上。

"到我家去吧，别回酒店一个人吃饭了。"克拉拉说道。

他们登上楼梯，映入眼帘的竟是克拉拉公寓的门被砸开的情景，两人顿时惊呆了。乔纳森让克拉拉先下楼，等他确定这里没有危险之后再回来。然而，正如他所料，她还是第一个冲进了公寓。客厅里一切如常，没有任何被翻动的痕迹。

一会儿过后，警察赶到，两人随即坐到了厨房里。警察没有发现任何作案的痕迹，也没有发现任何物品被盗。侦查队长总结说，那些盗贼一定是在进入公寓前受到了什么阻碍。克拉拉并不同意这种说法，因为一些物品偏移了它们原来的位置。她举例说床头灯被移动了几厘米，落地灯的灯罩位置也有变化。警察们飞快地记录下这些后，便离开了公寓。

"如果我留在这里陪你到明天早晨，你是不是会安心一些？"乔纳森问道，"我可以睡在客厅的沙发上。"

"不用了，我收拾一下后，准备前往乡间别墅。"

"我不希望你现在就上路，现在天色已晚，而且外面还下着雨。"

"我对那条路线早已烂熟于心了，你就放心吧。"

但乔纳森还是放心不下她。他一想到她要在乡间别墅独自过夜，不由得更加不安起来。克拉拉看着他低声埋怨的样子，不禁被他逗乐了。

"你现在双手交叉着放在身后，眼睛像往常一样眯成一条线，表情就像是个五岁的孩子。好吧，我想你是别无选择了，和我一起走吧！"

说罢，克拉拉走进卧室，当她拉开五斗橱上的抽屉时，再次惊呆了。她拿起抽屉里的一件又一件套衫，说道：

"这些人简直就是群疯子。"她朝着在大门口等她的乔纳森喊道。

他从门口探出头来。

"他们偷走了我的检查报告！"

"什么检查报告？"乔纳森问道。

"一份我上周做的验血化验单。我真不知道，他们要这个有什么用！"

"你可能有个粉丝俱乐部！"

"肯定是这样的，反正这些人脑子不正常！"

乔纳森将锁稍稍摆弄了几下，使门能勉强被锁住。随后，两人便带着《红裙女子》一起走下楼去。他们走到人行道上，乔纳森突然停下脚步，向克拉拉喊道：

"恐怕你的奥斯汀无法同时容下我们三人！"

克拉拉没有回答，带着乔纳森绕到了公寓后面。在古老的石子路上，曾经的马厩已被改建成了美丽的花园洋房。克拉拉打开车库的门，并在一个遥控车锁上按了一下按钮。一辆路虎汽车的车前灯随即在车库深处亮了起来。

"我来帮你把画放在后备厢里吧。"说着，她打开了车后盖。

正如乔纳森所预料的那样，还没等他们离开高速公路，天上就下起了倾盆大雨。轮胎下的路面被雨水淋得锃亮，雨刮器也在费力地工作着。交叉路口附近的那家小酒馆在夜色中不见了踪影。树林里的小道两旁到处都是些坑坑洼洼的沟渠。道路越来越湿滑，车子在一片泥泞中不停地颠簸着。乔纳森紧紧地抓着门把手，克拉拉则紧握方向盘，和狂风暴雨做着斗争。外面的狂风在他们耳边呼啸着。在车灯的照射下，两人终于看到了花园里大树的枝干。屋外的铁栅栏碰巧开着，像是在迎接他们的到来。

"我去院子那里停车。"克拉拉高声说道，"我会把厨房的门打开，你要做的事就是带着画飞快地冲进屋内。"

"你把钥匙给我吧。"乔纳森回答道。

"不行。"克拉拉坚持道，"对于不习惯用这把钥匙的人来说，开起门来会很困难。还是交给我来办吧。"

砾石路在车轮下嘎吱作响，克拉拉把路虎停好后，费了很大的劲才把车门关上，随后便冲向雨中。等她一打开房门，就转身示意乔纳森过来与她会合。

乔纳森走出汽车，奔向了后备厢。

"快点，再快点！"克拉拉在别墅门口对他喊道。

霎时，乔纳森的血液仿佛凝固了一般。此时，他正俯身想要拿起后备厢中那幅包裹着灰色遮布的作品。克拉拉再次在夜色中喊道："快点，再快点。"这次，他辨认出，这就是常常在他眩晕状态中出现的声音。他把作品往后座上一放，关上后备厢，一下子跳上了驾驶座。车灯亮了，汽车缓慢地前进着。克拉拉一脸愕然地看着乔纳森，雨水顺着她的脸颊流淌下来。从他的眼神中，克拉拉仿佛明白了事情的原委，她不顾一切地向乔纳森冲去。

"难道你认为就连死亡也无法抹去我们曾经相爱的回忆吗？难道你认为一份感情可以让我们永生，或是使我们复活吗？难道你认为时间能让两个曾经真心相爱的人再次团聚、永不分离吗？克拉拉，这些你全都相信吗？"

"我只知道，我一直深爱着你。"克拉拉说着，把头靠在了他的肩上。

乔纳森一把将她拥入怀中，克拉拉在他的耳边低语道：

"不论是在黑暗里还是在光明中，我都依然爱你。"

两人深情拥吻，吻得是那么热烈，既像一对永恒的爱人，也像一对初恋的情人。大风吹弯了花园里的杨树，别墅的窗户也被相继吹开。在他们周围，一切都开始起了变化。在阁楼的窗户旁，依稀能看见弗拉基米尔微笑的身影。

突然，散乱在阅览室桌子上的书籍褪去了精装的外壳。月光透过客厅里的落地窗洒进房间，把刚打过蜡的楼梯照得锃亮。在克拉拉的房间里，壁纸也恢复了最初的颜色。此时，她的裙子正顺着她的身体慢慢地滑下。她走近乔纳森，两人紧紧地依偎在了一起。他们就这样，一直恩爱到了天明。

※

第二天早晨，阳光照进了房间。克拉拉蜷缩在乔纳森为她盖好的被子里。她用手摸索着寻找他。随后，她伸了伸懒腰，睁开了眼睛，发现乔纳森已经离开。她一下子坐起来，别墅已经完全恢复了原样。克拉拉走下床，全身赤裸地站在初升的阳光里。她走向窗边，望着楼下的花园。当她看到乔纳森向她挥手示意时，不由得马上跳到一边，把自己裹到窗帘布里。

乔纳森微笑了一下，转过身，回到了厨房里。过了一会儿，克拉拉穿着一件睡衣走了进来。只见乔纳森在炉灶边忙个不停，房间里弥漫着一股烤面包的香味。乔纳森用一把小勺均匀地搅拌着咖啡里的牛奶，随后又撒上了可可粉。做完这一切后，他把冒着热气的碗端到了克拉拉的面前。

"无糖的卡布奇诺！"

克拉拉睡眼惺忪地低下头，把咖啡一饮而尽。

"你没有在窗子边看到我吧？"克拉拉低声问道。

"当然没有。"乔纳森一边回答，一边试图取出卡在烤箱里的一片面包，"再说，我也不允许自己看，因为截止到现在，我们之间还从未发生过什么。"

"这话一点都不好笑。"克拉拉低声抱怨道。

乔纳森本想把手搭到她的肩上，可最后还是忍住了。

"我知道这话确实不好笑，但我们总该搞清事情的真相。"

"你有研究这方面问题的专家地址吗？不是我悲观，但我真的害怕当我们向村里的医生讲述完症状后，他们会把我们关进精神病医院。"

乔纳森把那块烤焦并且烫到他手指的面包扔进了洗碗槽。

"你现在又双手交叉放在背后，我虽然看不到你的脸，但我敢打赌，你现在的眼睛一定是眯着的，你在想什么？"克拉拉问道。

"我有一次做讲座，碰到过一个妇人。我想，她也许能够帮助我们。"

"什么样的妇人？"克拉拉问道。

"她在耶鲁大学教书，我必须重新找到她的踪迹。周五晚上，我要把一份报告提交给佳士得拍卖行，我当天晚上就会回来。"

"你要回美国了？"

乔纳森转过身去，克拉拉也没再多说什么。她理解，人生中的很多事情往往让人身不由己。为了能够永远地生活在一起，他们必须面对再一次的分别。

乔纳森把早晨剩余的时间都花在了研究《红裙女子》上。中午的时候，他回到了伦敦市内，把自己关在酒店的房间里撰写总结报告。

晚上的时候，克拉拉来到酒店与他会合。当他准备发送写给彼得的邮件时，克拉拉严肃地问他是否确定要这么做。因为，对颜料的分析并不能让人得出任何确凿的结论。同样，两人在法国博物馆文物研究与修复中心里做的那些实验结果也无法让人完全信服。然而，乔纳森已经在弗拉基米尔·拉德斯金的这幅作品上花了那么多心血，他逐渐了解了画家的绘画技巧和笔触，以及画布的材质，这些都可以成为辅助的证明材料。他的信念已足以让他有勇气承担所有的后果。虽然他暂时还缺少一个确凿的证据，但他的这一举动能使他再次名声大震。周五的早晨，他将把一份签上自己姓名的认证报告呈送到彼得的合伙人手里。他看了一眼克拉拉，在键盘上按下了确认键。五秒后，彼得和佳士得拍卖行的所有高层都将在电脑屏幕上看到一个闪烁的小信封。

第二天晚上，克拉拉开车把乔纳森送到了希思罗机场的四号航站楼前。他不希望克拉拉一路陪伴他到安检口。两人就这样惆怅地相互道别。

※

当克拉拉的汽车疾驰在英国的乡间小道上时，一架飞机在天空中画出了一条优美的弧线。当天晚上，各地报纸如《纽约时报》《波士顿环球报》和法国的《费加罗报》都争相报道了如下新闻：

俄国某著名画家的遗作被专家确证

在销声匿迹了一百四十年后，弗拉基米尔·拉德斯金的一幅重要作品终于再次回到了人们的视线中。最近，著名鉴定专家乔纳森·加德纳经过研究，证实了此画的真实性。据悉，这幅作品将现身于六月二十一日在波士顿举行的一场拍卖会，这场拍卖会由佳士得拍卖行主办，拍卖主持人是彼得·格温。

意大利《晚邮报》的专栏作家写的一篇评论文章被完整地引用在了三本国际文化刊物上，六家欧洲电视台和两大美国电视网络已经决定对这次拍卖会进行全程跟踪报道。

※

乔纳森在傍晚的时候抵达了波士顿。当他打开手机时，发现语音信箱已经爆满。他坐上出租车，来到了老港口，在靠路边的一家咖啡馆里坐下，回忆起自己和彼得在这里度过的美好时光。过了一会儿，乔纳森拨打了他的电话。

"你确定你要这么做吗？这不会是你的一时冲动吧？"他最好的朋友问道。

乔纳森紧紧地抓着电话，把它放到耳边。

"彼得，要是你能理解我最近的心路历程就好了。"

"你对我的期望也太高了吧，理解你的感情，我可以做到！但理解你刚才向我讲述的荒唐故事，那我可办不到！我甚至都懒得听你讲，还有，千万不要把这事讲给其他人听，特别是安娜。拍卖会还有三周就要举行了，我可不希望在这个时候听到城里盛传你发疯并且要被关进精神病医院的消息。"

"我对那个拍卖会一点都不在乎，彼得。"

"正如我所言，你果然病得不轻！我觉得你有必要做一下检查，你脑子里可能长了一个动脉瘤，这种东西长起来很快的！"

"彼得，别再胡说八道了！"乔纳森生气地说道。

短暂的沉默过后，彼得向乔纳森道了歉。

"对不起。"

"其实我现在也心怀愧疚。婚礼在两周后就要举行了，而我还没有想好怎么向安娜开口。"

"不管怎样，你总是要迈出这步的！你要是想开口，永远也不会嫌晚。不要因为请柬已经发出就违背自己的意愿。如果你真像你所说的那样爱着那个英国女人，那就掌握自己的命运，行动起来吧！你现在也许感觉自己深陷在泥潭之中，然而，你不知道我有多么羡慕你。我也很想能够这么疯狂地去爱一次。不要浪费了上天给你的这份礼物。我会缩短在纽约的逗留时间，明天我就赶回来陪你。中午的时候，我们在咖啡馆碰头。"

※

乔纳森沿着码头散步。此时，他发疯似的想念着克拉拉。然而，几小时后，他就要回到家中向安娜摊牌。

当他回到家的时候，整间屋子都没有开灯。他呼唤着安娜的名字，却没有人应答。他上楼来到了她的工作室，只见安娜的书桌上摆着一排照片。其中的一张照片上，他和克拉拉正在机场前深情对望。乔纳森把头埋在手心里，瘫坐在安娜的扶手椅上。

神秘老人

二十年后，他重返耶鲁校园，成了一名看门人。他的容貌发生了翻天覆地的变化，没有人能够认出他来。

安娜直到黎明时分才回到家中。乔纳森已经在楼下的客厅沙发上睡着了。她一言不发地径直走向厨房。她往咖啡机里倒了一点水，然后把咖啡粉放到过滤网中，最后按下了操作按钮。随后，她把两个杯子放到桌子上，从冰箱里拿出一袋吐司，接着又从洗碗槽上的碗橱里取出了两只碟子。整个过程中，她没有说过一句话。做完这一切后，她又将一把小刀放在装黄油的玻璃罐子上。厨房里一片寂静，只听到安娜脚踩方砖的声音。她再次打开冰箱，并对已醒来的乔纳森说了第一句话：

　　"你早饭还吃草莓果酱吗？"

　　乔纳森意欲走近她，她却拿着那把黄油刀威胁他不要靠近自己。乔纳森看着那把刀刃只有两厘米宽的圆头小刀，不由得笑了一下。安娜见状，把黄油刀扔到了他的脸上。

　　"安娜，别这样。我们需要好好谈谈。"

　　"我们之间没什么好谈的！"安娜尖声叫道。

"安娜，难道你希望我们在半年或一年后才意识到我们的结合是一个错误吗？"

"闭嘴，乔纳森，你给我闭嘴！"

"安娜，几个月来我们只是在导演一场结婚的闹剧。我本想扮演好我的角色，我本希望我们能够真心相爱，我真的这么想过，但人是不能欺骗自己感情的动物。"

"但人可以欺骗他即将迎娶的新娘，是这样吗？"

"我来是向你道出真相的。"

"你是什么时候找到向我摊牌的勇气的？"

"昨天，当我被这个事实压得喘不过气来的时候。我在伦敦的时候，曾经天天打电话给你，安娜。"

安娜突然打开她的包，从里面取出了另外一套照片，并开始一张一张地扔在乔纳森跟前。

"这张，你在佛罗伦萨一家咖啡馆的露天座上；这张，在前往协和广场的出租车里；这张，又是在那栋丑陋的英式别墅里；还有这张，在伦敦的一家餐厅里……你这些都是在一天内完成的吗？所有的这些谎言都是在前天发生的吗？"

乔纳森看到这些有克拉拉的照片就这样被扔在了自己的脚边，不禁心头一紧。

"你是从什么时候开始跟踪我的？"

"从你发给我那份写着克拉拉名字的传真开始！克拉拉，我猜这就是她的名字吧？"

乔纳森没有回答，安娜见状，叫得更响了。

"克拉拉就是她的名字吧？说啊，我想听到你读出这个毁了我一生的名字！乔纳森，你有这份勇气吗？"

"安娜，并不是克拉拉拆散了我们，我们之所以会走到今天，完全是我们自己一手造成的。我们忽略了爱情，一心只想着事业的成功。我们甚至都不再有身体上的接触。"

"那是因为我们被婚礼的准备工作搞得身心疲惫，乔纳森，我们可不是动物啊！"

"安娜，你已经不再爱我了。"

"难道你还疯狂地爱着我？"

"我把房子留给你，我走……"

安娜狠狠地瞪了他一眼。

"你什么都不用留给我，因为我不会让你走出这里，你不能就这样从我们的生活中抽身离开，乔纳森。我们的婚礼将在六月十九号中午如期举行。不管你愿不愿意，那天我将正式成为你的妻子，只有死亡才能够拆散我们。"

"不管你愿不愿意，你都不能强迫我娶你，安娜！"

"相信我，乔纳森，我是可以做到的！"

安娜突然平静下来，眼神也柔和了不少。此时，她原本放在胸口上的手也顺着身体慢慢地放了下来，脸上因愤怒而暴露出来的青筋也都渐渐消失了。她在桌上摊开一份报纸，报纸上刊登了一张乔纳森和彼得的合影。

"这份报纸看来已经相信了你的话，不是吗，乔纳森？不过我倒有个疑问，很显然，你刚刚确认的这幅作品将创造出一个近十年来的拍卖纪录，然而，如果媒体一旦曝光了你就是那个卖画女人的情夫的话，你认为是克拉拉还是你会因为欺诈罪而首先锒铛入狱呢？"

乔纳森看着安娜，气得浑身发抖。他感觉地面都在他的脚下裂开了。

安娜拿起报纸，带着讽刺的语调开始朗读起一篇文章来。

"这幅作品是被一个出色的画廊主发现的，最近它的真实性又被鉴定专家乔纳森·加德纳所确认。另外，这幅作品将出现在由佳士得拍卖行筹办、由彼得·格温所主持的拍卖会上……你朋友的事业将彻底垮台，他也会因为同谋罪而被关进监狱。至于你，你的一世英名可能保不住了，但由于我的存在，你只用坐五年牢。我的律师会尽力让法官相信，你的情妇才是这起欺诈案的主谋。"

乔纳森再也听不下去了，他转身朝大门走去。

"等一下，你别急着走啊。"安娜激动地喊道，"我再给你读几段，然后你自己去评判吧……由于它的真实性已被乔纳森·加德纳所确认，这幅原本估价为两百万美元的作品有望在拍卖会上创造出一个高于这个估价两到三倍的价格……"

安娜在门厅里追上了乔纳森，一把抓住他的衣袖，强迫他看着自己。

"对于一起涉及六百万美金的欺诈案，你的克拉拉起码要蹲十年监狱，不巧的是，这不是一座男女混合的监狱！"

乔纳森突然感到一阵恶心。他冲向街道，在路边的排水沟旁弯下了腰。安娜的手搭在了他的背上。

"吐吧，把你内心深处的不快全都吐出来吧。当你有力气和她说你不想再见她了，说这只不过是一次荒唐的艳遇，你已经不再爱她的时候，我希望我也在场！"

说罢，安娜便转身回到了屋子里。一个正在遛狗的老人走向乔纳森。老人帮助他就地坐下，并让他靠在一辆汽车的轮胎上休息。

那条短毛猎犬发现这个席地而坐的男人和它处于同一高度，它感到很不愉快，用鼻子把他的手拱起来，使劲地舔了起来。那个老人则指导着乔纳森在手心里深吸了几口气。老人名叫斯卡德，是个退休医生。

"这只不过是一次小小的胃部痉挛而已。"斯卡德先生安慰他道。

正如斯卡德先生的妻子在他散步回来后所说的那样：一个医生，就算他退休了，也总还是一个医生。

※

彼得在两人经常碰面的咖啡馆里已经等了将近半小时。当乔纳森终于姗姗来迟时，他的怒气顿时就烟消云散了。彼得站起身，帮助乔纳森坐好。

"你这是怎么了？"彼得忧心忡忡地问道。

"大家都怎么了？"乔纳森神情恍惚地回答。

在接下去的几个小时里，他向彼得讲述了这几天来他生命中发生的惊天变化。

"我知道你将要和安娜说什么。妈的！不过你还是要说。"

彼得的语气是那么愤怒，以至于两人的邻座都停止了交谈，把头转向了他们这边。

"你们的啤酒不好喝吗？"彼得气势汹汹地责问他们。

坐在他们旁边的三口之家马上收回了他们的眼神。

"你这样粗鲁地挑衅又有什么用，彼得。这种态度并不能解决问题。"

"就算这幅作品价值一千万美元，你也不能就这样毁了你的生活。"

"这不仅关系到我一个人的生活，还有你和克拉拉的。"

"那你就收回你说过的话吧，你就说鉴定工作出现了一些问题，拍卖会无法如期举行。"

乔纳森在桌子上扔下一份《华尔街日报》，接着又是一份《纽约时报》，一份《波士顿环球报》，还有一份《华盛顿邮报》。所有这些报纸上都已经刊登了拍卖会的相关新闻。

"这还不包括那些周报和月刊。现在要想回头已经太晚了，我已经在认证报告上签了字，并且已经呈送给了你在伦敦的合伙人。如果安娜在媒体上曝光了那些照片，那桩所谓的丑闻就会公之于众。安娜的律师将会全力帮助佳士得拍卖行推脱责任。我怀疑，就算我们免受牢狱之苦，我们也将永无翻身之日。至于克拉拉，她将面临破产。因为没有人会再光顾她的画廊了。"

"天哪，可我们是无辜的啊！"

"是的，但也只有我们三个人知道这个事实。"

"我本来以为你是个很乐观的人。"彼得一边说，一边双手紧握。

"我今晚就给克拉拉打电话。"乔纳森叹了口气，说道。

"对她说，你不再爱她了？"

"是的，对她说我不再爱她的原因，是因为我太爱她了。我希望带给她的是幸福而不是无尽的灾难。这才是真正的爱情，对吗？"

彼得惊讶地看着乔纳森。

"你刚才的那段爱情独白一定能让我的祖母感动得流泪，如果你再多说一点的话，或许我也会被你打动。"彼得双手叉腰说道，"你在伦敦是不是吃了很多布丁？"

"彼得，你真是个傻瓜！"乔纳森说道。

"我也许确实很傻，但至少你笑了，不要不承认，我都亲眼看到了！你看，就算深陷在苦难之中，我们一样还是可以欢笑的。如果你的'未来前妻'想要阻止我们的话，那我们可要让她瞧瞧我们的厉害。"

"你已经有点子了？"

"现在还没有，但相信我，点子会来的！"

彼得和乔纳森站起身，互相搀扶着走在露天集市的石子路上。下午的时候，彼得把乔纳森送回了家。当他独自驾车的时候，他把手机架在了仪表盘上，然后拨打了一个号码。

"是詹金斯吗？我是你最喜欢的房客彼得·格温，我需要你的帮助，亲爱的詹金斯先生。你可以到我的房间里去帮我整理一下行李吗？你有我的钥匙，不是吗？而且你也知道我的衬衫都摆放在哪里吧？原谅我如此滥用了我们的友谊，亲爱的詹金斯，我出远门的时候，我想请求你到城里为我打听点事情。不知为什么，我的直觉告诉我，你有着探案的才能。我一小时后就能到家！"

彼得在驶进隧道前挂断了电话。

当他晚上离开住所的时候，他在乔纳森的语音信箱里录下了一段很长的留言。

"是我，彼得。你知道吗？照理来说我应该很恨你，因为你破坏了我的拍卖会，摧毁了我们两人的事业，还让我做不成你的证婚人。然而矛盾的是，我对你怀有相反的感情。虽然我们现在身处困境，但我找回了久违的快乐。我一直在问自己这是为什么，我想，现在我终于知道缘由了。"

彼得一边留言，一边在上衣口袋里寻找着什么。他从他朋友那里偷来的小字条仍然静静地躺在他的口袋里。

接着，他继续说道："当我在伦敦咖啡馆里看着你们俩时，我意识到一幅作品是绝不会带给你那么多快乐的。你们深情对望的眼神饱含了无尽的深意。所以，当你今晚给克拉拉打电话的时候，请务必告诉她，就算身处绝境，也还是要寻找希望。如果你不知道该说些什么，那就只须照搬我刚才所说的话即可。明天你可能联系不到我，但我会找机会打电话给你，向你解释一切。我现在还没有想好具体的解决方案，但我一定会设法让我们摆脱困境。"

说罢，他便挂断了电话。虽然彼得对未来仍然很迷惘，但内心深处感到很欣慰。

※

乔纳森走进了安娜的工作室，只见她正在画架前安心作画。

"你的要挟奏效了，我决定妥协。还是你赢了，安娜！"

说完，他便迈着坚定的步伐转身离去。当他走到门口时，乔纳森头也不回地补充道：

"我将单独给克拉拉打电话，你可以抢走我的生活，却不能践踏她的尊严。就这么说定了！"

说完，他便走下了楼梯。

※

克拉拉慢慢放下电话听筒，一个人静静地来到窗边，此时，她却看不到杨树在风中摇曳的景象。她闭上双眼，眼泪划过了她的脸颊。整个晚上，克拉拉都与泪水相伴。在她的书桌上，那个穿着红裙的女子弓着背，就好像克拉拉的悲伤情绪已经走到了画中，把那画中人也压得喘不过气来。多萝西那天正好住在别墅里，看到克拉拉小姐已经无法在她面前掩饰住悲伤的样子，她明白这次打击已经让克拉拉无力独自承受了。有时候，只要有人陪伴，即使这个人什么话也不说，也会让人有安逸踏实之感。

※

第二天一早，天刚蒙蒙亮，多萝西走进克拉拉的书房。她拨了一下壁炉里的柴火，为克拉拉沏了一杯茶。她把茶杯放在一张小圆桌上，然后走进克拉拉的房间，坐在她的床头，一把抱住了她。

"您要知道，如果想要幸福地生活下去，那就永远不要放弃希望。"她不停地喃喃自语道。克拉拉靠在多萝西的肩头，任由眼泪肆意地流下。

当中午的太阳照在她身上的时候，克拉拉睁开了眼睛，却又马上闭上了。她暗自思忖着，到底是阳光还是院子里的喇叭声把她从梦中惊醒。她掀开被子，坐起身来。多萝西走进了克拉拉的房间，她很明白彼此交心的时光只限于朦胧之际，于是她用往常那种嘹亮而又清晰的声音说道：

"小姐，有一位美国来的先生想要见您。"

几分钟前，彼得前来拜访，布莱斯顿夫人把他引进厨房，请他在自己征求克拉拉意见的时候在那里耐心等待。克拉拉在多萝西的要求下，上楼进行了简单的梳妆打扮。多萝西苦口婆心地对克拉拉说，在英国，一个女人是不能面带愁容地出现在一个陌生人面前的，即使他们曾在伦敦城里有过短暂的会面。

※

"那他是爱我的，是吗？"克拉拉问道。此时，两人正在厨房里面对面坐着。

"你们俩果真是一个世界的人！我熬夜坐飞机赶到伦敦，然后在这个必须靠左行驶的国家拼命地开了两小时车，赶到这里向你叙说了事情的来龙去脉。而你还在问我他是否爱你？我的回答是：是的，他确实爱你，你也爱他，我也爱他，他也爱我，就算我们现在身处困境，所有的人也都彼此相爱着。"

"先生，您是否留在这里与我们共进午餐？"管家说着走进了厨房。

"多萝西，你现在是单身吗？"

"我的婚姻状况与你无关，这里不是美国。" 布莱斯顿夫人说道。

"看来，你仍然单身。我有个很棒的对象想要介绍给你！他来自芝加哥，现在住在波士顿，可他日夜思念着他的故乡——英国。"

※

　　乔纳森独自留守在家中。安娜一早就出门了，她一般要到深夜才会归来。乔纳森上楼打开电脑，准备接收电子邮件。安娜的文件都被加了密，但网络仍是开通的。彼得没有回复他的邮件，他也完全没有兴趣去理睬他邮箱中爆满的采访邀约。他打算重新回到客厅。然而，正当他关上电脑的时候，鉴定专家的职业嗅觉让他注意到了安娜挂在墙上的一幅作品的一个细节。乔纳森靠近那幅作品仔细端详。他有些惊讶，于是开始检查另一幅画。他打开橱门，翻出了一幅幅年代久远的画作。他从安娜的画上觉察到了一个相同的细节，这让他备感震惊。他冲向书桌，打开抽屉，拿出了他的放大镜。他再次逐一察看了每一幅作品。画中的乡间田园，赫然矗立着克拉拉的那幢乡间别墅。这些作品中，最晚的也是安娜在十年前完成的，然而在那个时候，乔纳森和安娜还并不相识。他迅速地走下楼梯，冲向外面的街道，随后跳进了自己的座驾，向城市的出口驶去。如果交通状况良好，他能在两小时后抵达耶鲁大学的校门口。

　　乔纳森确非无名之辈，校长威廉·巴克教授在得知他造访校园后，同意接待他。他在宽敞的走廊上等待着校长的到来。走廊的木质护墙上，悬挂着很多文人和科学家的肖像，他们大多一脸严肃。此时，威廉·巴克教授快步走来，邀请乔纳森来到他的办公室。校长对乔纳森前来造访的意图感到很惊讶，他本以为他会与自己谈论绘画，然而，他在向自己打听科学方面的事宜，而且还是那种非正统学科。巴克表示很抱歉，因为他们学校里并没有教师的体貌特征符合乔纳森的描绘，也没有任何教师，不论是男是女，是正式讲师还是名誉教授，讲授相关科目。乔纳森提到的那所学院已经不复存在了，但它的原址还在。校长最后表示，如果乔纳森愿意的话，他可以去那里参观一下。六二五号楼房原本就是高级科学研究学院的所在地，但学院关闭以后，那个地方已经废弃很久了。

"你在这儿工作很长时间了吗？"乔纳森问起一旁带着他穿过校园的工作人员。

"我从十六岁起就在耶鲁工作了，而且，我本该在五年前就退休了。这样看来的话，我确实在这儿工作很久了。"欧马利先生回答道。

他在一栋肃穆的红砖房子旁停好了电动汽车，两人走上台阶。

"就是这里。"他说着，示意乔纳森跟上他。

欧马利先生在一个小包里寻找着房门钥匙，包里看上去放了上百把钥匙。在犹豫了几秒后，他将其中的一把插进了生锈的防盗门锁里。

六二五号楼房的大门被徐徐打开，发出嘎吱作响的声音。

"四十年来，再也没有人来过这里。看看这里都乱成什么样子了！"欧马利先生说道。

然而，在乔纳森眼中，这个地方总体上保存得还不错，只是地板和家具上布满了灰尘。欧马利先生带着他参观了实验室。在这个硕大的房间里，有六个由白色方砖砌成的实验台，所有的实验台上都放满了试管和蒸馏瓶。

"这里看上去像是做数学建模的地方，但我向侦查员解释说这里其实是做化学实验的场所。"

"什么侦查员？"乔纳森问道。

"你难道没听说吗？我还以为你是来调查那起事件的。附近的所有人都知道那件事。"

当两人登上楼梯来到教师办公室的时候，欧马利先生向乔纳森讲述了导致高级科学研究学院突然关闭的真正原因。这所学院每年招收的学生很少，大多数考生在入学考试的时候就会被拒之门外。

"考生不仅理科要好，还要精通哲学，而且在录取前，考生会在催眠的状态下接受院长的面试。这个院长很喜欢淘汰学生，好像谁都入不了她的法眼似的。她是个很古怪的女人。她在这里工作了十年，然而在整个调查过程中，她消失在了人们的视线中。当然，我是个例外，因为我认识这里的每一个人。"

"你到现在还没有告诉我调查的内容是什么？"

"四十年前，一个学生神秘失踪了。"

"在哪里失踪的？"乔纳森问道。

"先生，问题就在这里。如果你知道你的钥匙掉在了哪里，这还叫失踪吗？"

"当时警察的结论是什么？"

"他们认为那个学生是自行出走的，但我不相信这个说法。"

"为什么呢？"

"因为我知道，他是在实验室里消失不见的。"

"他可能恰巧逃过了你的视线，你不可能同时留意很多地方。"

"当时，我是学校保卫处的一员。在那个年代，'安全'是个很严肃的词。我们的工作就是阻止男生晚上跑到女生宿舍楼下闹事……当然，反之亦然。"

"那白天呢？"

"像所有的保安一样，我们白天睡觉；事实上，我的同事们确实在白天常常打盹儿，而我不一样。我的睡眠时间从不超过四小时，这个习惯是遗传的，我的妻子也是由于这个原因离我而去。那天下午，我正在修剪草坪，我清楚地记得乔纳斯走进了实验室，却再也没有出来过。"

"警察不相信你的话吗？"

"他们搜查了实验室和附近所有的森林，他们还询问了那个老太婆，你觉得他们做得还不够多吗？再说，那个时候我爱好喝酒，你也知道，一个有着酒糟鼻的人看上去常常不太可信。"

"谁是你说的那个老太婆？"

"就是高级科学研究学院的院长。跟我来。"

欧马利先生在包里重新找出一把钥匙，打开了办公室的门，乔纳森跟在他的后面。只见屋内的两扇玻璃窗肮脏不堪，就连阳光都几乎透不进来。一张布满灰尘的小桌子靠在墙边。一把椅子翻倒在地上，椅子的旁边是一个东倒西歪的衣架。在衣架的对面，放着一个老旧的五斗橱。

"我不知道大家为什么把这个地方叫作教师办公室，因为这个学院其实只有院长一人是老师。"欧马利先生说道。

他靠近身旁的一个书橱，在一堆发黄的旧报纸中开始翻找起来。

"看，这就是院长！"欧马利先生说着，指了指报纸第一版的一张照片。

照片上，一个女人站在她的四个学生中间，看上去还不到三十岁。

"你为什么叫她老太婆呢？"乔纳森看着照片问道。

"因为当时我只有二十岁。"欧马利先生说着，掸了掸一旁的灰尘。

为了更好地看清那张发黄的相片，乔纳森拿着报纸走到了窗边。照片上的女人并不能让他想起什么，但她手上那枚巨大的钻石戒指吸引了他的注意。

"他就是乔纳斯吗？"乔纳森指着右边的一个男孩问道。

"你是怎么知道的？"欧马利先生吃惊地问道。

"我也不知道。"鉴定专家回答道。

他把报纸折好，放到了自己的口袋里。照片上，那个男孩双手交叉放在背后，可能因为闪光灯的缘故，他的眼睛眯成了一条缝。

"当你不叫院长'老太婆'的时候，又叫她什么呢？"

"大家只这么叫她。"

"她和你们说话的时候，你们在回答时不会也这么叫她吧？"乔纳森坚持道。

"她从不和我们说话，我们也没有话和她讲。"

"你为什么这么讨厌她呢？欧马利先生。"

年迈的看门人转向了乔纳森。

"你来这里的真正意图到底是什么，加德纳先生？所有的这些都已经是陈年旧账了，我们还是不要去把它翻开为妙。我还有其他的工作要做，我们走吧。"

乔纳森一把抓住了欧马利的胳膊。

"既然你提到了陈年旧事，那我可以告诉你，我现在正被一个我并不熟知的年代纠缠着，而且，留给我解开谜团的时间也不多了。一个朋友的朋友曾经说过，只需一个小小的突破口就可以串联起事情的来龙去脉。我现在正在寻找着那块能让画面完整的拼图。我需要你的帮助，欧马利先生。"

看门人注视着乔纳森，然后深吸了一口气。

"他们曾经在这里做过实验。为了掩盖乔纳斯失踪的丑闻，学院被迫关门。"

"哪方面的实验呢？"

"那些考生之所以会被选中，是因为他们天天都会做噩梦。我知道这听上去可能很荒唐，但这就是事实。"

"什么类型的噩梦，欧马利先生？"

听到这个问题，看门人不由得紧锁双眉，好像回答这个问题对他来说无比艰难似的。乔纳森把手放到了他的肩膀上。

"是不是对另外一个时代发生的事情有种似曾相识的感觉？"

欧马利先生点了点头，表示同意。

"院长常把学生们引入一种极度兴奋的状态，她说，这种忘我的状态可以触及他们的内心深处，挖掘出属于上辈子的记忆。"

"当时，你根本不是什么保安，而是高级科学研究学院的一个学生，是这样的吗，欧马利先生？"

"是的，加德纳先生，事实确实如此。自从实验室关闭以后，我就再也没有重拾过学业。"

"这究竟是怎么一回事，欧马利？"

"在大学二年级的时候，为了达到预期效果，她在我们的静脉里注射了一种物质。在第三次注射过后，我突然回忆起与科拉莉有关的所有往事。科拉莉当时是我的未婚妻，但在那个奇怪的记忆中，她已经是我的妻子了。接下来，你将会听到一些耸人听闻的事情，你做好准备了吗，加德纳先生？好，那就听仔细了！1807年的时候，我和我的妻子一起住在芝加哥，当时我是一位啤酒商人，我们生活得很幸福，这种平静的生活一直延续到科拉莉杀死我们女儿的那天。那时，我们的孩子还只有一岁半，却被自己的亲生母亲活活地掐死了。我很爱我的妻子，但她得了一种病，这种病会慢慢地侵蚀她的脑细胞。她初期的症状只是间歇性的暴躁，五年过后，这种暴躁却转化成了彻底的癫狂。由于杀女罪，科拉莉最后被送上了绞刑架。当我看到绳子套在她脖子上的时候，你永远也无法想象当时我那种痛彻心肺的感觉。我就这样看着她悬空的身体。她脸颊上的眼泪好像在请求我缓解她的痛苦。那个时候，我真想宰了那些马路上看热闹的浑蛋。然而，在人群当中，我又是那么无能为力。历史在1843年的时候又重演了。当时我们都没有认出彼此，要不然我们可能就不会如此深爱对方了。如今，已经很少有人会有我们当时那种激情了，加德纳先生。在1902年的时候，同样的事情又再次发生了。那个老太婆还告诉我，以后历史将会不断地轮回。即使我的妻子更换了名字，或改变了容颜，她的灵魂都是一样的。她的癫狂每次都会如期而至。结束我们痛苦的唯一方法就是我们中的一人在有生之年停止对另一方的爱恋。如果不能做到这一点的话，那么当我们每次获得新生的时候，这段历史、这份痛苦都将会再次上演。"

"那你相信她的话吗？"

"加德纳先生，如果你在醒着的时候也有过类似经历的话，我想你也会相信她的！"

实验室被迫关闭时，欧马利先生的未婚妻正在经历着第三轮的神经发作。她在二十三岁时就结束了自己的生命。年轻的欧马利先生随后便定居加拿大。二十年后，他重返耶鲁校园，成了一名看门人。他的容貌发生了翻天覆地的变化，没有人能够认出他来。

"再也没有人知道乔纳斯的下落吗？"乔纳森问道。

"是那个老太婆谋杀了他。"

"你为什么如此肯定？"

"因为他也有着自己的噩梦。在他失踪的那个早晨，他声称要离开学校。他说，他去伦敦有急事。"

"这些你都没有向警察汇报吗？"

"如果我把刚才叙述给你听的事情都汇报给警察，你觉得他们是会相信我呢，还是把我关进精神病医院呢？"

欧马利先生陪着乔纳森一直来到了校园停车场。当乔纳森问起他为什么要回来时，欧马利先生耸了耸肩。

"因为只有在这里，我才能感觉到她近在咫尺。景物也是有记忆的，加德纳先生。"

当乔纳森准备驱车离开时，欧马利先生俯向车窗口说道：

"那个老太婆名叫爱丽丝·沃尔顿！"

谜底将现

彼得屏住呼吸，他先看看克拉拉，再看看画中的红裙女子，惊讶地发现，两人简直是一个模子里刻出来的。

彼得完全沉醉在拉德斯金的绘画技巧中。只见画上的一缕月光照射在白杨树的枝干上，随后又照进作品右侧的一扇小窗里，这束月光被画家刻画得出神入化。《红裙女子》脚边的那束银白色月光和今晚射进小屋的那缕月光简直如出一辙。为了欣赏这种逼真的效果，彼得好几次关上了电灯。他走向窗边，一会儿看看杨树，一会儿又看看作品。

　　"当年弗拉基米尔的房间在哪里？"他向克拉拉问道。

　　"就在楼上，你的行李已经摆在他的房间里了，今晚你就可以睡在那里。"

　　眼看着天色已晚，克拉拉与他的客人道了声晚安。彼得还想再研究一会儿作品，克拉拉问他还需要什么时，他说自己已经带了些神奇的药丸来抵抗时差这一大敌。

　　"彼得，谢谢你。"克拉拉在阅览室门口说道。

　　"谢我什么？"

"感谢你能在这里！"

当彼得转过身去的时候，克拉拉已经离开了。

彼得躺在床上，正在对詹金斯大发脾气。那个傻瓜把安眠药错带成了抗生素。我们再也不能相信任何人了！现在英国已经是晚上十一点了，而波士顿的太阳还没有下山，所以对彼得来说，时间尚早。确定自己无法入眠后，彼得起身从箱子里拿出一些文件，然后把它们带回到床上。过了一会儿，他又感觉房间里闷热难耐，于是便再次起身，打开了窗户。他深吸了一口新鲜空气，入神地看着皎洁的月光在杨树周围蒙上一层光晕。突然，他产生了一丝疑惑，于是他又马上穿上睡袍，走下楼去。在仔细地看过《红裙女子》后，他又再次回到自己房间的窗边。他发现那棵杨树的主要枝干越过自己的头顶，和屋顶的高度持平。另外，这棵大树的主要枝干都是向上生长的。鉴于这一事实，彼得猜测，弗拉基米尔可能是在阁楼里完成他的作品的。他打算第二天一大早就把这个发现告诉克拉拉。这种急不可待的心情把彼得搅得越来越睡不着觉。所以，当他听到屋外女主人的脚步声时，便马上打开了房门，在楼梯口叫住了她。

"我正要去找点水喝，你要吗？"克拉拉在楼梯上问道。

"我从不喝水，它会使我大脑迟钝的！"彼得说着也走向了走廊。

他追上克拉拉，请求她跟着自己来到书房。

"我对这幅作品早就烂熟于心了！"克拉拉说道。

"对于这点我并不怀疑，但还是请跟我来吧。"彼得坚持道。

两人经过厨房，来到了彼得房间的窗户旁。

"就是这里，你自己看看！我可以向你打包票：弗拉基米尔是在楼上作画的！"

"这是不可能的，因为在他人生的最后阶段，画家已经相当虚弱了，他需要用尽所有的力气才能勉强作画。对于一个走起路来都蹒跚不稳的人来说，上阁楼去作画是一件十分危险的事情。凡是身体虚弱的人都不会尝试这么做。"

"不管是否危险，我都坚持认为我们眼前的这扇窗子并不是画中的那一扇，现在这扇更宽敞，外面的景色也不一样。而且，画中的杨树枝干直抵屋顶，而非我的窗口！"

克拉拉提醒彼得道："这棵杨树经过一个半世纪一定长高了不少，另外，丰富的想象力也是一位画家必备的才能。"说完，她便返回了自己的房间。

彼得心情抑郁地重新躺下。半夜的时候，他打开灯，走到了窗边。如果弗拉基米尔能如此惟妙惟肖地描绘出投射在树上的光晕，那他又怎么会混淆枝干的位置呢？

彼得试图利用失眠的时间来找到一个合理的答案。在黎明破晓时分，他仍旧坐在床上，翻看着即将在两周后举办的拍卖会的材料，因为在内心深处，彼得仍对这次盛大的拍卖会抱有希望。多萝西于早晨六点三十分的时候到达了别墅。没过多久，彼得便下楼来到厨房，冲了一杯咖啡。

"这里可真够冷的！"彼得边说边在厨房的壁炉旁搓着手心。

"这是栋老宅子了。"多萝西说着，把一副餐具放到了木质的桌子上。

"你到这儿来工作很久了吗，多萝西？"

"我十六岁的时候就开始为太太服务了。"

"哪个太太？"彼得说着，在自己的碟子里盛上了食物。

"克拉拉小姐的祖母。"

"她当年也住在这里？"

"不，太太从没有在这里住过。我一直一个人住。"

"难道你不害怕鬼魂出没吗？"彼得打趣道。

"和人一样，他们以自己的方式相互陪伴着。"

彼得点了点头，并在面包上涂上了黄油。

"这么多年来，这栋别墅的变化大吗？"

"当时这里还没有电话，我想这就是主要变化。另外，克拉拉小姐还把几个房间重新装潢了一下。"

说完，多萝西欠了欠身子，说自己还有其他工作，便离开了。彼得独自一人享受着早晨。他翻看了一会儿报纸，随后把碟子放到了洗碗槽里，决定回房间去拿些资料。今天是个好天气，彼得打算在花园里边工作边等待着克拉拉的到来。上楼的时候，彼得在一幅版画前停住了脚步，画面上呈现的正是这幢别墅的样貌。作品于1879年完成。彼得不由得靠近这幅作品，专注地研究了起来。突然，他一脸愕然地走下楼梯，冲向了花园。他走到杨树前，仔细地审视着别墅的屋顶。随后，他又折回别墅，取下了挂在楼梯边上的版画，带着它又重新冲了出去。

"克拉拉，克拉拉，快过来看！"

彼得在花园中央大声地喊道。多萝西火冒三丈地走出了厨房。

"小姐还在休息，先生，我请求您不要发出那么大的声响。"

"请你快去把她叫醒吧！告诉她，这事真的很重要！"

"我能知道先生您到底在花园中央发现了什么，能让我有理由现在就去叫醒小姐？您也知道，小姐因为您的朋友已经度过了好几个不眠之夜，她现在很需要睡眠！"

"你是如何一口气说完这段话的，多萝西？你太让我佩服了！快点去吧，否则我可要自己去叫她了。"

多萝西抬了抬手，离开了花园，并低声抱怨道："美国佬真是没规矩！"过了一会儿，克拉拉穿着睡衣来到花园，与正在树下踱步的彼得会合。她看了一眼彼得放在树下的版画。

"如果我没有记错的话，这幅画昨天并不是挂在这里的。"克拉拉一边向彼得打招呼，一边说道。

彼得弯下腰，把作品递给了克拉拉。

"快看！"

"画的就是别墅，彼得！"

"你数一下画上有几扇天窗？"他激动地问道。

"六扇。"克拉拉回答道。

彼得拉着她，转了一个身。

"那现在，你看到几扇呢？"

"五扇。"克拉拉低声说道。

随后，彼得带着她回到了别墅。他们三步并作两步地走上楼梯。多萝西一路跟随他们来到了阁楼，看到克拉拉穿成这样和彼得走在一起，她心里感到很不舒服。

※

乔纳森匆匆写了一张字条。他通知安娜自己白天将在博物馆里度过，晚上则打算和博物馆馆长共进晚餐。他预计将于晚上十点左右回到家。他很讨厌自己必须向安娜汇报每天的行程。他从簿子上撕下了这张字条，并把它压在冰箱上的瓢虫冰箱贴下。随后，他便离开公寓，走在了右手边的人行道上。他打开车门，坐上驾驶座，开始耐心地等待起来。

一小时后，安娜也离开了公寓，跳进了乔纳森左侧的汽车里。安娜发动了汽车向北驶去，穿过哈佛桥，来到了剑桥区。乔纳森把车停在了花园大街的路口，看着安娜踏上了一栋楼房的台阶。等她一进去，乔纳森便走出汽车，来到了玻璃大门前。大厅里，电梯上的红色字体显示着安娜来到了十三层。乔纳森回到了汽车里。两小时过后，安娜重新出现。当那辆萨博汽车经过乔纳森的时候，他不由得俯向了一旁的座位。在安娜的汽车通过十字路口后，乔纳森便迈着坚定的步伐折回了花园大街二十七号。他在13A和13B的按钮间犹豫了一会儿，最后决定都试一下。铁质防盗门很快就打开了。

走廊尽头的一扇房门正虚掩着。乔纳森慢慢地推开，一个声音随即响起：

"亲爱的，你忘了什么东西吗？"

当看到是乔纳森出现在她面前时，那个银白头发的妇人不禁吃了一惊，但她马上又恢复了平静。

"你就是沃尔顿太太吗？"乔纳森冷冷地问道。

※

多萝西双手叉腰，像一根木棍似的站在宽敞的阁楼中央，面朝着克拉拉。

"多萝西，请以名誉发誓，我的祖母并没有改建过别墅的屋顶！"

彼得注视着她。他拿起在车库捡来的一块石头，开始敲击起墙面来，整个屋子也开始颤抖起来。

"我不能发这个誓！"管家生气地回答道。

"你为什么从来都没有和我谈起过这事？"克拉拉问道。

此时，彼得又重重地敲击了一下墙面，隔板中出现了第一条裂缝。

"我们从没有机会讨论这个话题。"

"快别这么说，多萝西！政府曾拒绝我们的改建请求，我们的建筑师格斯菲尔德先生对于这件事感到很震惊，他不止一次地说过，这栋别墅曾被翻修过。"

当彼得再次敲击墙面的时候，克拉拉不禁被吓了一跳。

"你也曾当着我的面说过别墅一直保持着原貌！这事就好像发生在昨天，我还记得你当时对待格斯菲尔德先生的态度很冷淡。"

房间再次颤抖起来，灰尘沿着屋顶倾泻而下。克拉拉抬起头，拉着多萝西站到了远一些的窗子旁。

"是您的祖母要求我保密的！另外，也是她请求政府把别墅列为保护文物的。"

"她为什么要这么做呢？"彼得在房间的另一端问道。

他用脚踢开散落在地上的瓦砾。墙上已经出现了一个黑洞。彼得感到肩膀一阵酸痛，但他深吸了一口气，又重新敲击起来。

"我对此并不知情。"多萝西向克拉拉低声抱怨道，"您的祖母才是事情的决策者，但她是个做事有原则的人。她说您将成为一名生物学家，然而，她未能如愿以偿……"

"她希望我成为化学家！她还希望我卖掉这栋别墅，这点你还记得吗？"克拉拉打断她道。

"记得，但她确实很珍惜这栋房子。"多萝西小声说道。

此时，墙角的石块已经开始松动。彼得不断地用手上的工具摩擦着接缝处，隔板也开始倾斜了。

"那她为什么要封堵这扇天窗呢，多萝西？"

多萝西凝望着克拉拉，好像在犹豫是否要回答她的问题。在小姐的一再坚持下，她终于妥协了。

"因为当年她的女儿也曾想过要推倒这面墙，然而，劫难在那时降临到她的身上。快让格温先生住手吧，我求您了！"

"你知道我母亲的具体遭遇吗？"克拉拉激动地问道。

此时，彼得成功地取出了第一块砖头，他把手伸向了那个黑洞，开始摸索起来。隔板后的空间感觉很宽敞。他重新拿起工具，更加用力地敲起来。

"当时，您的祖母刚买下这里的房产，并从村子里招我来做管家。她女儿的噩梦在两人第一次来别墅度假的时候就开始了。"

彼得取下第二块砖头，此时，他已经可以把头伸进那个小洞里了，可里面一片漆黑。

"她通常会做些什么样的噩梦呢？"克拉拉问道。

"她常会说一些可怕的梦话。"

"你还记得她都说过些什么吗？"

"我倒情愿把它们都忘掉！那些话让人无法理解，她一直不断地重复着一句话：'他一定会来的。'医生开的药方也无法让她平静下来，太太看到自己的孩子处于这样一种状态，不禁心如刀绞。白天的时候，小姐不是在别墅的各个角落寻找着什么，就是来到杨树下休息。我经常把她抱在怀里安慰她。小姐有时候会告诉我，她梦中经常会和一个她认识了很久的男人交谈。我当时完全没有听懂，她告诉我那个男人名叫乔纳斯，他们以前就曾相爱过。他一定会马上来找她，因为他已经找到了方法。然而后来，可怕的事情还是发生了，小姐因为悲伤过度离开了人世。"

"究竟是什么事情让她如此悲伤？"

"她突然没了乔纳斯的音信，并声称有人谋杀了他。小姐开始拒绝进食，很快就耗尽了自己所有的体力。我们把她的骨灰撒在了杨树周围。不久，夫人就封堵了墙面和天窗。我再次请求您让格温先生趁早住手，以免事情发展到不可收拾的地步。"

彼得第二十次敲击了墙面，此时他的胳膊已经疼痛难忍了。不过，他终于可以钻进那个缺口，来到墙的另一端。

"那个乔纳斯是我的父亲吗？"克拉拉又问道。

"小姐，不是的！您的祖母是在这件事情过去很久后才把您领回家的。"

克拉拉一下子瘫倒在了窗框边，她看着楼下的花园，屏住了呼吸。此时，泪水已经涌向了她的眼眶，她无法再次转身面对多萝西了。

"你撒谎！我不是被领养的。"克拉拉强忍着泪水说道。

"您的祖母是个善良的人！她走访了当地很多家孤儿院。当她一看到您的时候，就喜欢上了您。她说，她可以在你的眼睛中看到她女儿的影子，就好像她在您身上获得了重生一样。当然，这些只是她用来安慰自己的理由，自从小姐去世后，夫人就像换了一个人似的。她禁止您靠近这栋别墅，她自己也再没有进去过。当她从伦敦赶来付给我薪水时，我就站在铁栅栏旁等她。我每次看到她都会忍不住落泪。"

彼得被灰尘呛得咳嗽不止。他在原地站了一会儿，等待着自己的眼睛能够适应洞里的黑暗。

"我祖母的女儿叫什么名字？"

多萝西·布莱斯顿的眼睛里马上充满了泪水。她一把抱住眼前这个她深爱的姑娘，然后在她的耳边低声说道：

"小姐，她的名字和您的一样，也叫克拉拉。"

"你们快过来，看看我都发现了什么！"彼得在墙的另一端叫道。

※

乔纳森走进了布置考究的客厅。

"你到这里来有何贵干？"沃尔顿夫人冷冷地问道。

"我刚从耶鲁大学过来。我想，今天该由我来向你提问。"乔纳森生硬地回答道，"安娜到你家来干什么，沃尔顿夫人？"

满头银发的妇人目不转睛地看着乔纳森。他感到，她的眼神里透出了一丝怜悯之光。

"你已经错过了太多事情，可怜的乔纳森。"

"你以为你是谁？"乔纳森气愤地回答道。

"我是你的岳母！更确切地说，几天以后就是了。"

乔纳森久久地凝望着她，思忖着她这句话的真实性。

"可安娜的父母早就过世了！"

"让你相信这点，也是我们的计划之一。"

"什么计划？"

"从第一次促成你和我女儿相识的展览会到最近的婚礼，都是我花大价钱精心设计的。包括你和克拉拉的那场不可避免却又毫无结果的爱恋，都在我的计划之内。她这次是叫克拉拉吧？"

"在欧洲跟踪我的人原来是你？"

"不管是我还是我的朋友，这又有什么区别呢？反正结果已经摆在那里了！我在卢浮宫工作的朋友对你还是挺有帮助的吧？"

"可是，你的目的究竟是什么呢？"乔纳森喊道。

"我的目的就是复仇！把属于我女儿的东西给夺回来！"爱丽丝·沃尔顿吼叫道。

说罢，她点了一根香烟。虽然表面上看起来她好像恢复了平静，可她戴着钻石戒指的手仍在烦躁地搓着沙发上的花格子毛毯。她继续说道：

"现在，一切已成定局，你的命运也已经尘埃落定了。那就让我向你讲述爱德华·兰顿爵士后来的悲惨生活吧，他是我的丈夫。"

"你的丈夫？可兰顿在一个多世纪前就已经去世了！"

"你的噩梦并不能告诉你全部详情。"爱丽丝叹了口气，说道。"爱德华爵士曾有两个女儿。他是一个慷慨的人，但有时过于慷慨。他不仅把自己的才华和金钱全都奉献给了他的画家拉德斯金，他还非常宠爱他的大女儿。这个大女儿并没有什么过人之处，这些其实都不重要。关键是，面对父亲的冷淡，你是无法想象小女儿的痛苦的！然而，人总是听命于自己的欲望，从不考虑自己带给他人的痛苦。你怎么可以这么做？"

"我对你做了什么？我完全不懂你在说什么！"

"爱德华爵士宠爱的大女儿疯狂地迷恋上了一名年轻有为的鉴定专家，这对恋人如胶似漆，他们是天造地设的一对。然而，爱德华很难接受他的女儿就这样离开他。他不禁心生嫉妒，很多父亲在看到他的孩子渴望独立生活的时候都会有类似的感觉。至于我，我早就盼望着她的离去。我希望爱德华今后能给予安娜更多的爱。然而，自从弗拉基米尔去世以后，我们的这一愿望看来永远也无法实现了。当时我们已经濒临破产，只有卖出画家的最后作品才有可能让我们摆脱困境。当时我们把作品的价格估计得很高，并认为这幅作品能给其他未卖出的作品带来升值的可能。我想，这是我们应得的回报。爱德华供养了弗拉基米尔那么多年，在他身上，爱德华从不吝惜金钱，这也是导致我们破产的原因之一！"

※

克拉拉跟在彼得身后，也钻进了那个越来越大的洞。墙壁里是一番满目疮痍的情景。房间里只有一些简朴的家具：一张桌子、一把椅子，还有一张像战地医院里用的那种小床。一只古旧的彩色陶罐被放在了一个三层的架子上。在房间深处支着一个画架，一缕阳光照射在地面上。彼得继续向黑暗中走去。他抬起头，看了一眼天花板上的木条。随后，他便踮起脚，开始一根一根地把它们扯下来。画架四周散发出一层迷蒙的光晕。彼得推开天窗，用手支撑着窗框把头探了出去。

彼得把满是灰尘的头探到了屋顶的天窗外。他环顾了一下花园，当他看到杨树的主要枝干就靠在屋檐边上时，他微笑了一下，随后回到了房间里。

"克拉拉，我想我刚才找到了弗拉基米尔·拉德斯金作画的真正房间，他就是在这里完成《红裙女子》这幅作品的。"

※

爱丽丝·沃尔顿摆弄着手上的戒指。她刚扔下的烟头仍在烟灰缸里冒着烟，爱丽丝见状，烦躁地把烟头挤压了几下，随后马上点燃了另一支烟。火柴的光焰照射着她的脸庞。她脸上的每一条皱纹都深深印刻着痛苦与忧愁。

"然而，拍卖会那天，一名居心不良的鉴定专家让人带给了拍卖师一封信，他竟然声称这是幅赝品！这名破坏了拍卖会并毁灭了我家庭的鉴定专家，不是别人，正是爱德华大女儿的情人。他做这一切的目的就是报复爱德华爵士阻止了他们的婚姻。后面的事情想必你已经有所耳闻了，我们全家被迫来到了美国。我的丈夫在我们抵达后不久便与世长辞了，我想，他一定是无法接受自己身败名裂这一事实。"

乔纳森站起身，走向了玻璃窗边。这一切绝不可能是真的。此时，他脑海里全是那天自己和克拉拉一起经历的场景。他背过身去，摇了摇头，表示不愿相信妇人所说的话。

"你别再假装无辜了,乔纳森!你也时常受到噩梦的侵袭。我永远也不会原谅你们。仇恨是一种能让人生生不息的情感,我就是因为时时保有这份情感,才得以不断地重生。每一次,我都会设法找到你们,破坏你们的生活。当你是我在耶鲁的学生时,我可是很好地把握了这个机会。当时,你们离目标只有一步之遥。在那次轮回里,你的名字是乔纳斯,当年你只身来到波士顿深造,并想把自己的名字起得比较美国化一些。不说这些了,反正你肯定已经记不得了。当时,你就快要找到克拉拉了,因为你的梦告诉你她在伦敦,但我最后还是及时地拆散了你们。"

"你真是个疯子!"

这个地方让乔纳森感到很压抑,他决定马上离开,于是便飞奔到了大门口。那个银白头发的妇人一把抓住了他的手臂。

"但凡伟大的发明家都有一个特点:他们最后都会抽身离开这个世界,驰骋在自己的想象中。当年,科拉莉·欧马利就是在我的'引导'下发疯的。当我软禁乔纳斯的时候,克拉拉也差点崩溃。我还是想重复第一次和你在迈阿密所说过的话:爱与恨都是构成生命的实体,而不只是生命的看客。感情是永远也不会消亡的,乔纳森,它每次都能让你和克拉拉重新相会。"

乔纳森冷冷地打量着眼前的这个女人,他一把抓起她的手,问道:

"你到底想怎么样,沃尔顿夫人?"

"榨干你的灵魂,永远地拆散你和克拉拉。为了做到这一点,我必须先让你们能够重逢。我已经达到了这个目的。如果你们无力再彼此相爱,你们的生命也将走向终点。你们的灵魂几乎耗尽了所有的能量,它们再也经受不起一次新的分离了。"

"你想要的就是这些吗？你还在为一个世纪以前的事情耿耿于怀，并准备打击报复，对吗？如果我理解正确的话，为了达到这个目的，你不惜牺牲一个女儿的幸福？在这样的情况下，你还声称自己并没有发疯？"

说罢，乔纳森头也不回地走出了公寓。当他跨出大门的时候，爱丽丝·沃尔顿在他的背后大喊道：

"克拉拉不是我的女儿！安娜是我唯一的女儿！不管你愿意与否，几天后，你们的婚礼将照常进行。"

※

"我们至少可以看出，拉德斯金的生活花费绝不可能使爱德华爵士破产！"

彼得轻咳了几声。房间的空气里夹杂着一丝呛人的大蒜味。

"他当年就住在这间陋室里？"克拉拉惊讶地问道。

"这是我唯一可以确定的一件事！"彼得说着，又搬下了一块砖头。

彼得用了一个小时在墙上凿开了一个可供光线透进陋室的窟窿。他指着这间屋子说道：

"弗拉基米尔的这间斗室与其说是一间客房，倒不如说是一间牢房。"

突然，彼得出神地看着地板，发现地板的颜色和屋内其他木板的颜色完全不一样。

"看来，这里的地板并没有被翻修过。"

"这是肯定的！"克拉拉应和道。

彼得继续审视着房间，他弯下腰，想看看床底下都藏着些什么。

"你在找什么？"克拉拉问道。

"我想从画家用过的调色盘、画笔或颜料罐中，看看是否能发现什么线索。"

"我在这间房间里毫无斩获，就好像有人故意抹去了画家所有的生活痕迹一样。"

此时，彼得又爬到床上，开始在架子上翻找起来。

"我发现了一样东西！"彼得大叫道。

他跳下床，递给克拉拉一本黑色的小本子。她在本子上吹了一口气，房间里立刻就扬起了灰尘。彼得不耐烦地从克拉拉的手里抢过本子，说道：

"让我来打开它吧！"

"你小心点！"克拉拉说道。

"你可能会觉得很奇怪，虽然我是一个拍卖师，但我很喜欢摆弄这种古董。"

克拉拉从他的手里拿回了本子，并小心翼翼地翻开了它。

"里面都写着些什么？"彼得问道。

"我完全看不懂，看上去像一个日记本，但画家是用西里尔文字写成的。"

"俄文吗？"

"对，这两种文字其实是一回事！"

"这点我知道。"彼得低声抱怨道。

"等等，本子上还写着一连串化学符号。"克拉拉说道。

"你确定吗？"彼得问道，语气里有种掩饰不住的兴奋。

"当然！"克拉拉不悦地回答道。

※

弗朗索瓦·埃布拉尔坐在他的书桌后面，此时，他正在阅读一份西尔维·勒鲁瓦刚交给他的实验报告。自从上次乔纳森登门拜访以后，法国博物馆文物研究与修复中心就一直在试图破解红色颜料的谜团。

"你联系到加德纳先生了吗？"部门负责人问道。

"还没有，他的语音信箱已经爆满了，我无法再给他留言。另外，我还给他发了好几封邮件，他也都没有回复。"

"那场拍卖会将于何时举行？"埃布拉尔问道。

"本月二十一号，也就是说还有四天时间。"

"鉴于我们对这件事情做出了那么多努力，我们必须联系到他。你再想想办法吧，总之，一定要找到他！"

西尔维·勒鲁瓦走出了埃布拉尔的办公室，回到了自己的工作室。她知道有个人一定可以告诉她如何找到乔纳森·加德纳，但她完全没有心情打电话给他。她拿起包，关上了桌上的台灯。在实验室的走廊里，她遇见了好几个同事，然而，她心事重重，完全没有听到他们的招呼声。她走到防盗门前，把胸牌放在磁卡阅读器上刷了一下。大门随即打开。西尔维·勒鲁瓦走出了实验室。今天是个阳光灿烂的好日子，空气中已经弥漫着夏天的气息了。西尔维穿过卢浮宫的花园，坐到一张长椅上，享受着周围美好的景色。贝聿铭金字塔把落日的晚霞径直投射到了黎塞留宫的拱廊上。西尔维看着游客在空地上排着长队。能在这个充满奇幻色彩的地方工作简直就像做梦一般。想了一会儿，西尔维叹了口气，在手机上按下了一个号码。

※

多萝西在露天的小桌子上摆好了餐具。他们今天晚餐吃得很早，因为克拉拉和彼得明天一大早就要赶往伦敦，而德拉海搬运公司的工人将帮助他们把《红裙女子》运达目的地。克拉拉和彼得将坐在运货车的一角，在工人的护送下前往希思罗机场。弗拉基米尔的五幅作品也将被摆放在英国航空747飞机的货舱里，此次飞行的目的地是波士顿。在洛根国际机场，另一辆加固的防盗车将会恭候他们的到来。明天一早，当他们还在伦敦的时候，彼得打算把画家的手写小本子扫描下来，并用电子邮件发给一个俄国同行，那个同行一收到邮件就会马上投入翻译工作。随后，彼得来到厨房，倒了一杯咖啡给克拉拉。晚餐期间，两人很少交谈，都在各自想着自己的心事。

"你今天和他通过电话了吗？"克拉拉打破了寂静，说道。

"现在波士顿还只是早晨七点，乔纳森可能还没有起床。我保证，过一会儿就给他打电话。"

此时，彼得的手机在餐桌上振动起来。

"你相信心有灵犀一点通吗？"彼得欢快地说道，"我敢肯定一定是他！"

"彼得，我是西尔维·勒鲁瓦，现在你说话方便吗？"

彼得向克拉拉打了声招呼，走向了远一些的角落。法国博物馆文物研究与修复中心的研究员马上就向彼得解释起了最新的研究报告。

"我们最近成功地分解出了颜料的某些组成成分，发现颜料是由一种梨树上的胭脂虫制成的。我们一开始并没有往这方面去考虑，因为一般来说，这种由胭脂虫制成的颜料虽然效果很好，但不易保质。我们到现在还没有弄明白画家是如何使他的作品不受时间侵蚀的。然而，实验室的数据库启发了我们。我们认为，这幅作品的秘密可能藏在画家所用的漆料里。我们并不了解这种漆料，但它的成分着实让我们吃了一惊。依我之见，这种漆料起着类似过滤器的作用，就像胶片在有些地方是透明可见的，而在另一些地方则是密不透光的。经过X光的照射，我们注意到在片子上有些朦胧的阴影，但它们又不像修复作品的痕迹，因为这些阴影实在太细小了。在这一点上，实验室的研究员们还没有达成一致的意见。现在，我还有一个消息要告诉你，我们这次一共有两个重大发现。拉德斯金在创作时还用过一种棉布红，我以后会发给你它的组成成分，这种红色颜料的制作一直可以追溯到中世纪。为了使颜色明艳稳定，人们常会在配料里加上油脂、尿液和动物的血液。"

"所以你认为他宰了一条狗？"彼得打断道，"我会尽量在拍卖会上忽略这个细节的，只要你不觉得这有什么不妥的话！"

"你错了，弗拉基米尔连一只苍蝇都没有伤害过。我认为，画家以自己的方法调配了他的红色。DNA的检查结果也已经出来了，我们确实在他用的颜料中发现了人的血液。"

彼得虽然很震惊，但他也很高兴，自己终于找到了辨别这幅作品真伪的办法了。如果画家在作品中掺入了自己的血液，那就只须把这份DNA报告和画家的DNA报告做个对比就行了。然而，他的兴奋并没有持续多久，因为弗拉基米尔的躯体早已化成了灰烬，再也没有什么残留的物质可以完成这次对比工作了。

"那第二个重要的发现是什么呢？"彼得担忧地问道。

"我们还在颜料里发现了一种奇怪的物质——雄黄。这是一种可有可无的物质，而且，弗拉基米尔应该永远也不希望使用它。"

"为什么？"彼得问道，一脸茫然。

"因为雄黄的红色会被其他颜料盖过，另外，雄黄中还含有一种剧毒物质——四硫化四砷。"

彼得回想起他把头伸进墙洞时闻到的那股味道，原来就是这种毒药的味道。

"雄黄和灭鼠剂的性质是一样的。如果长时间地吸入这种气体，那就相当于慢性自杀。"

"你可以寄一份报告到我波士顿的办公室吗？"

"我一回家就寄给你，但有一个条件。"

"随便什么条件我都答应你！"

"永远不要再给我打电话！"

说完，西尔维·勒鲁瓦便挂断了电话。

月亮在山峰背后若隐若现。

"我猜今晚一定是满月。"彼得望着天说道。

克拉拉看上去很悲伤，彼得不由得把手搭在了她的肩上。

"我们会找到解决办法的，克拉拉。"

"我觉得我们现在应该停止一切。"克拉拉若有所思地说道，"也许，我真应该被关进监狱，然后刑满释放后再找回他。"

"你真有这么爱他吗？"彼得问道。

"我的爱其实比这更强烈，连我自己都感到害怕。"克拉拉说着站起身来。

克拉拉感到很抱歉，她把两个人的心情都搞得很沉重。彼得陪着她来到厨房门口，随后，他回到餐桌旁享受着夜晚的安宁。现在，英国已接近午夜，克拉拉的房间里已经没有了亮光，彼得上楼回到了自己的房间里，开始整理起自己的衣物来。没过多久，他又折回走廊，走向摆放着《红裙女子》的房间。几分钟后，他回到了阁楼里，坐在一把老旧的椅子上，并小心翼翼地把《红裙女子》摆放在了弗拉基米尔·拉德斯金的画架上。

"这次你终于回家了。"彼得在黑夜的寂静中喃喃自语道。

"对弗拉基米尔来说，这是一份很好的礼物，今天是他逝世的纪念日。"克拉拉在彼得背后轻轻地说道。

"我并没有听到你过来的声响。"彼得说道，可他并没有回头。

"我知道你一定在这里。"

此时，月亮已经升起，一轮皎洁的月光透过天窗照射进了屋里。突然，屋内所有的物体都被蒙上了一层蓝色的光晕。月光也射向了《红裙女子》，作品上的漆料吸收着它的光芒。渐渐地，在红裙女子的长发下，出现了一个女人的脸庞。彼得和克拉拉惊讶地看着这一神奇的变化。月亮继续缓慢地上升着。奇妙的是，它升得越高，作品就会被照得更亮些。在午夜的时候，月亮升到了最高点，弗拉基米尔·拉德斯金的签名出现在了作品的一角。彼得不禁从椅子上跳了起来，一把抱住了克拉拉。

"看！"克拉拉说着，用手指着作品。

只见画面上的那张脸庞越来越清晰了。最先出现的是眼睛，之后是鼻子、脸颊，最后呈现的是精致的嘴巴。彼得屏住呼吸，他先看看克拉拉，再看看画中的红裙女子，惊讶地发现，两人简直是一个模子里刻出来的。一百五十年前，弗拉基米尔完成了他一生中最美丽的作品，随后，在一个清晨，他坐在这把老旧的椅子上安然辞世。此时，月亮开始慢慢隐去，当月光不再投射到作品上时，那张脸庞和画家的签名再次在画面上消失了。克拉拉和彼得又在作品前停留了好一会儿才离开了阁楼，回到了各自的房间里。第二天一早，两人再次会合。在整理好行李并把作品在后备厢里摆放好以后，彼得试图用手机联系乔纳森，但电话那头始终无人接听。

"我无能为力了！他还在睡觉。"

"我们到了伦敦再联系他吧，不行的话，到了飞机场也可以再试试。"

"如果需要，我可以用飞机客舱中的电话与他通话。"彼得补充道。

※

他们于上午九点到达了画廊。在拉开铁质帘门前，克拉拉看了一眼对面咖啡馆的玻璃橱窗，只见橱窗在阳光的照射下闪耀着光芒。临近中午的时候，搬运工关上了摆放着《红裙女子》的保险柜。

中午时分，德拉海搬运公司的货车由一辆警车护送着离开了艾尔伯玛大街。克拉拉坐在运输车的前座上，彼得则坐在后座上，这样就可以离作品更近一些。

"手机在这里是没有信号的。"一个运输工人向正在努力拨打电话的彼得说道，"这辆车不仅安装了防盗设备，还进行过防火处理。"

"在下一个红灯的地方，可以让我下去两分钟吗？我真的很需要联系上一个人。"

"先生，恐怕我不能答应你的这一请求。"运输队长微笑着说道。

卡车停在了747飞机的跟前。彼得一连签了五张担保书。这些文件让他在拍卖会前成了弗拉基米尔作品唯一合法的保护人。从彼得签字的那一刻起，他就承担了保全这些作品的全部责任。克拉拉和他一起走向了紧急通道。彼得抬起头，看到楼上的登机大厅里已经有很多等候的乘客了。

"看来，这次飞机上我们还有很多小朋友做伴，真是太好了！"

"我们一到波士顿就给乔纳森打电话。"克拉拉说道。

"我们在上面就打给他吧。"彼得说着，指了指天空。

随后，他便登上了飞机的舷梯。

※

乔纳森没睡多久就起床了。当他从浴室里出来的时候，听到了安娜回到工作室的脚步声。随后，乔纳森套上一件浴袍，下楼来到厨房。突然，电话铃响起。他马上接起墙上的电话，并一下听出了彼得的声音。

"你到哪里去了？"乔纳森问道，"两天来，我到处在找你！"

"这个世界真是颠倒了！我现在正在距离美国近一万公里的上空。"

"难道你已经出发去孤岛了？"

"暂时还没有，伙计，以后我会告诉你原因的。现在，我有个天大的好消息要与你分享，但是，在此之前还是先让另一个人和你通话吧。"

彼得把手机递给了克拉拉。当乔纳森听到她的声音时，不由得把电话听筒抓得更紧了一些。

"乔纳森，我们找到证据了！等我们抵达波士顿后，我再把具体细节告诉你，一切都令人难以置信。我们会在下午五点到达洛根国际机场。"

"我会到机场来迎接你们。"乔纳森说道，好像自己身上所有的疲惫感顿时都消失了一样。

"我也很想马上就见到你，可是在我们到达以后，我们必须先对作品的安全负责。我和彼得需要把这些作品一直护送到佳士得拍卖行的保险箱里。我在四季酒店订了一个房间，你还是到酒店里来找我吧，在晚上八点的时候，我会到大厅里与你碰头。"

"到时我会带你沿着老港口散步的。晚上的时候，那里的景色之迷人，你去了就会知道。"

克拉拉把头转向舷窗，说道：

"乔纳森，我很想你。"

说罢，她把手机还给了彼得。彼得和他的朋友道别后，便把手机重新放到了椅子的扶手下。

乔纳森把电话听筒放回了挂壁式的电话机上。与此同时，安娜也在楼上的工作室里挂断了电话。很快，她拿起手机，走到窗边，拨打了一个剑桥区的号码。十五分钟以后，安娜便离开了公寓。

※

空姐在客舱里分发着入境登记表。

"你不想让乔纳森直接在运货车那里与我们会合吗？"彼得问道。

"既然我之前已经下定决心要等他十年，我想回酒店梳妆打扮的这点时间，我还是等得了的。你看看我现在这副模样！"

※

在警察的护送下，他们不到二十分钟就到达了市中心。等最后一幅作品被放入保险箱后，克拉拉立马跳上一辆出租车赶往自己的酒店。彼得则跳上另一辆车回到家中摆放行李，并打算收回他的捷豹。在他的指示下，詹金斯已经派小区的汽车管理员到机场开回了这辆汽车。

当出租车行驶在路上的时候，彼得突然想询问弗拉基米尔那个本子的翻译情况，于是便打了个电话给那个俄国同行。这个同行正夜以继日地翻译着这个手抄本。他刚通过电子邮件给彼得发送了画家第一部分手稿的翻译件。剩下的手稿内容都是些化学公式，他对此无能为力，因为只有专业人员才能破解它们的意思。彼得真诚地感谢了他。此时，出租车也到达了他的住宅区。彼得一路小跑来到走廊，在门房诧异的目光下，彼得不耐烦地跺着脚，等待着电梯的到来。等他一进入自己的公寓，彼得便马上打开电脑，打印了那份翻译文件。

十分钟后，彼得再次下楼，他甚至都没有时间冲一个澡、换一件干净的衬衫。詹金斯在台阶上等待着彼得，只见他撑起一把大伞，为彼得遮挡住了绵绵细雨。

"您的车已经停在车库里了。"詹金斯说着，抬头望了望阴霾的天空。

"真是个糟糕的天气，不是吗？"彼得说道。

此时，捷豹XK140上的车灯从车库里射出一束亮光。彼得走向他的汽车，走到一半的时候，他却转过身一把抱住了詹金斯。

"顺便问一句，你结婚了吗，詹金斯？"

"没有，先生，我现在仍然单身。"门房回答道。

当汽车行驶在路上的时候，彼得拨打了乔纳森的电话号码，并对着搁在遮阳板上的话筒叫道：

"我知道你在家！你不知道我对你走漏了消息有多生气。不管你现在正在干什么，我再给你十分钟时间，我马上就到！"

※

捷豹停在了人行道旁，乔纳森跳上汽车，彼得马上又发动了引擎。

"我希望你告诉我事情的全部经过。"乔纳森说道。

彼得向他讲述了那晚的惊人发现。弗拉基米尔使用了一种十分神奇的漆料，只有当某些特殊光线垂直照射在画面上时，才能产生当时的效果。想要完全复制当晚的情景是一项很复杂的工程，但在电脑的帮助下，还是可以达到预期目标的。

"那张显现出来的脸庞真的很像克拉拉吗？"乔纳森问道。

"相信我，这已经不是单纯相像的问题了，你要是看到的话，一定也会大吃一惊的。"

当乔纳森担心彼得是否能够为他完全重现那一天的情景时，他的朋友安慰他，化学家们一定会破译出画家的这些化学公式，虽然可能会花去一些时间，但《红裙女子》总有一天会恢复到它的最初状态的。

"你能猜出他这么做的目的何在吗？拉德斯金之所以隐藏他的签名，一定有他的道理。"

"一个很好的理由。"彼得说道，"看，这是他日记的翻译版本，我保证你读后肯定热血沸腾。"

彼得从汽车的后座上拿起那些文件，递到了乔纳森的手中。那个俄国同行在翻译文件上附上了原文的复印件。乔纳森用手轻拂着弗拉基米尔的手写文件，随后便开始阅读。

克拉拉：

自从你母亲去世后，我们就生活得很艰难。至今我都记得那个逃亡的夜晚，那天，我们徒步穿过了俄国的平原。当时，你骑在我的肩上，你的小手紧抓着我的头发，在那一刻，我发誓永远要守护在你身边。我本以为到了英国后，我们就能远离苦难，然而在伦敦，等待我们的是穷困潦倒的生活。每当我在街上临摹路人的时候，我就会把你寄放在保姆的家中。为了支付这笔开销，我不得不卖掉那些素描来赚取一份微薄的收入。当爱德华爵士出现的时候，我真的以为他就是我们的救星。这种单纯的想法最终使你我彼此分离，你能原谅我的这一过失吗？爱德华爵士像对亲生女儿一样呵护着你，这样一来，他赢得了我的信任，同时又无情地践踏了它。在你三岁那年，他就从我手中把你夺走了。那天，你最后在我的额头上吻了一下，直到现在，我还珍藏着你的这份童年气息。不久我就病倒了，病魔疯狂地吞噬着我的身体。兰顿借机把我关进一间陋室里，我就是在这儿给你写下这封信的。如今，我已经有六年没有离开过这间斗室了；也就是说，我已经有六年没有抱起过你，没有看到你眼中闪烁的灵光了。你继承了你母亲的许多特质，你的一颦一笑都和她很相像。

我每完成一幅作品，都会把它交给兰顿。作为回报，他照顾着我的起居，并悉心地培养照顾着你。马车夫先生会不时地来探望我，并带给我你的一些消息。

有的时候，我们会一起大笑。他会向我讲述一些你的"非凡事迹"，并告诉我，你比兰顿的亲生女儿要更机灵一些。每当你在花园里玩耍的时候，马车夫先生都会扶着我来到阁楼的小窗边。在那里，我能听到你的欢笑声，虽然每次我都心如刀割，但这是我唯一能见证你成长的时刻。那个你在阁楼上看到的黑影，那个让你感到害怕的身影，正是你真正的父亲。每当马车夫先生离开我的时候，他都会弓着背，仿佛默默地背负着悔恨的重压一样。自从他的爱马死去以后，他就变得很阴郁。我为他画了一幅肖像，但后来也被兰顿占为己有了。

克拉拉，我已经没有力气了。我的朋友马车夫先生刚告诉了我一段令人震惊的谈话。赌博使兰顿陷入了严重的财产危机中，他的妻子提醒他道，等我死后，我的作品就会增值，这将帮助他们摆脱破产的威胁。几天以来，我都生活在水深火热之中，我很担心兰顿会经不住这个可怕的诱惑。亲爱的女儿，如果你不曾存在，如果你在花园的笑声不是我今生最美丽的色彩，我将会坦然接受死亡，并把它视为一种解脱。然而，在没有为你留下一份特殊回忆以前，我是无法安然离去的。

这是我的最后一幅作品，也是我的杰作，因为我画的是你，我亲爱的孩子。你虽然只有九岁，但已经拥有了你母亲所有的体貌特征。为了让兰顿无法夺去这幅作品，我把你的脸庞和我的签名都藏在了一种特殊的漆料下，只有我知道这种漆料的调配成分。

现在看来，我在圣彼得堡化学学院的长凳上度过的那些早年岁月并不是完全徒劳无益的。在你十六岁那年，马车夫先生发誓一定会把这本日记本交到你的手中。他还会带你去见一些俄国朋友，他们将帮助你翻译这些文字。你只须照着我写的那些化学公式一步步去做，就能成功地去除这层漆料。当你揭开这幅作品的神秘面纱，并看到这封信的时候，你就可以确定这幅作品是属于你的。这是我留给你的唯一遗产，但我亲爱的女儿，你要知道，虽然对你来说，我有时远在天边，有时却近在眼前，但作为一个父亲，我一直都深切地爱着你。人们常说，真正的情感是永远也不会消逝的，就算我离开了人世，我也依然会爱着你。

我是多么想看着你长大，看着你成长为一个女人。如果今生我只能达成一个愿望，那么，这个愿望就是期盼你能够执着地追逐自己的梦想。请为我完成这个心愿，大胆地去爱吧。我像曾经爱着你母亲那样地爱着你，只要我还有一口气，这份爱就将一直持续下去。

这幅作品是属于你的，克拉拉，我亲爱的女儿。

弗拉基米尔·拉德斯金

1867年6月18日

乔纳森折好信纸，他已经无法从嘴里说出一个字了。

※

克拉拉从浴室里走了出来，身上裹着一条浴巾。她在洗脸台上的镜子里照着自己的脸，不时地做着怪腔。她的行李箱已经打开，并被放到了床上，里面的衣物一直摊到了沙发上。所有类似连衣裙的衣服都散落在房间的各个角落：有的悬挂在落地灯的灯罩上，有的被挂在半身雕像的头部，还有的被吊在了壁橱的把手上。在靠近窗户的地方，其他衣物被堆放在了一把扶手椅上。克拉拉最后还是想穿牛仔裤，不过前提是她正在试穿的衬衫能够刚好遮住她的屁股。

随后，她离开了凌乱的房间。关上房门后，她在门把手上挂了一块"请勿打扰"的告示牌。没过多久，电梯载着她来到了酒店大厅，她看了一眼手表，现在是晚上七点五十分。在等待乔纳森的间隙，她想去喝一杯饮料，解一解渴。一杯红葡萄酒应该是个不错的选择。于是，她便走进了酒店的咖啡厅，坐到了吧台旁。

※

此时，那辆老式捷豹正呼啸着驶往市中心。当他们来到酒店门口时，乔纳森转向彼得，问道：

"她看过那份文件了吗？"

"还没有。在我去找你之前，翻译文件才刚刚传到我家。"

"彼得，我要请求你一件事。"

"我知道，乔纳森，你想让我在拍卖会上撤下这幅作品。"

乔纳森心领神会地拍了拍他最好朋友的肩膀。当他下车的时候，彼得打开车窗，大声喊道：

"你会经常来孤岛看我吧？"

乔纳森默契地朝他做了个手势。

相聚别离

在把《红裙女子》藏到阁楼之后，我便躺在你的身旁，等待着生命离我而去的那一刻。在这个唯一没有你陪伴的夜晚，我发誓就算在我死后也依然会爱你。

当乔纳森走进四季酒店时，他的心激动得跳个不停。他在大厅里寻找着克拉拉，并走向了咨询处。酒店的工作人员拨打了克拉拉房间里的电话，却无人接听。在酒店咖啡厅的门口围着一群人。乔纳森猜测一定是某场棒球赛的转播才使得这里人头攒动。突然，他听到背后有一阵警报器的声音，只见一辆救护车正呼啸着驶向酒店。乔纳森立刻冲向人群，为自己开出了一条道路。他看见克拉拉毫无生气地在吧台边平躺着，一个服务生正手拿纸巾，为她扇着风。

　　"我不知道她是怎么了！"服务生惊慌地重复道。

　　据服务生回忆，克拉拉之前只不过是喝了一杯红酒，没想到几分钟后，她就这样倒下了。乔纳森跪在克拉拉的身旁，把她的手放到了自己的手心里。她飘逸的长发散乱在脸颊边。只见她双眼紧闭，面色苍白，嘴角流出少量的鲜血。从破碎的酒杯里流出的葡萄酒和克拉拉的鲜血融汇在一起，在大理石地面上形成了一股红色的水流。

　　救护车里的工作人员在大厅里支好担架后，便冲向了人群。一个银白头发的妇人从一根柱子后走了出来，礼貌地为他们让了道。

　　乔纳森跟随工作人员一起登上了救护车。车上的旋转灯光反射在狭窄街道的橱窗上。司机希望在十分钟以内就赶到医院。此时，克拉拉仍旧昏迷不醒。

　　"她的血压降低了。"一个救护人员说道。

　　乔纳森俯向了克拉拉的身旁。

　　"我求你了，不要这样对我。"乔纳森轻声低语道，随后一把将她揽入怀中。

　　医生推开了乔纳森，并为克拉拉插上滴管输液。鲜红的血液输入了她的静脉，涌进了她的心脏，使它重新运作起来。血压也一下蹿得很高。急救医生把手搭到乔纳森的肩上，试图安慰他。此时，医生还不知道有千百万个异体正在侵入克拉拉的体内，并破坏着里面的细胞。乔纳森轻拂着克拉拉的脸庞；当他的手划过克拉拉的面颊时，乔纳森仿佛感觉到了她的微笑。等救护车在医院门口停下后，抬担架的工作人员就把克拉拉放到了一张移动床上。救护人员在走廊里飞快地跑动着，一排日光灯照射着克拉拉紧闭的双眼。直到检查室的门口，乔纳森才松开了克拉拉的手。彼得在接到乔纳森的求助电话后火速赶到，他坐在走廊边的长椅上，乔纳森则来回踱着步。

　　"你不要这么担心了，可能只是暂时的不适。"彼得说道，"旅途的劳顿、最近情绪的波动加上想见到你的急切心情，都是引发不适的诱因。你应该看一看她刚到机场的样子。当时，飞机还没有完全降落，要不是我拦着她，她都想自己推开客舱的门！看，你还是笑了！你应该多见见我，因为只有我能让你放松下来。当入境处的工作人员问起克拉拉逗留的期限时，她简直想从他的手上抢回自己的护照。"

但正在来回踱步的乔纳森还是从他朋友夸张的描述中看出了他的担忧。两小时后，一个医生来到了他们的面前。

阿尔弗雷德·摩尔教授完全不理解呈现在他面前的这一病例。检查报告看不出任何异样，可克拉拉的体内突然出现了一批袭击自身血液细胞的抗体。这种抗体使得白细胞以疯狂的速度将红细胞吞噬。照这样的速度下去，克拉拉血液系统的内壁将会爆裂。

"我们还有多少时间可以救活她？"乔纳森问道。

摩尔对病情的发展持悲观的态度。克拉拉的皮下组织已经出现大出血的现象，一些器官也开始渗血。最晚明天，克拉拉的静脉和动脉也将依次爆裂。

"肯定是有办法的，不是吗？上帝啊，我们现在都已经到了二十一世纪了，医学应该很发达了！"彼得激动地说道。

摩尔一脸无奈地看着他。

"如果你在两三个世纪后再说这样的话，或许是有道理的。格温先生，如果想要抢救这位年轻的女士，我们首先需要查清她的病因。我现在能做的唯一一件事情就是在她的血液里注入凝固剂，以此拖延死亡的到来。不幸的是，她可能会在二十四小时内离开人世。"

摩尔表示很遗憾，随后便转身离去。乔纳森在走廊里追上了他，他问医生是否有可能克拉拉是被人下了毒。

"你有怀疑的对象吗？"摩尔谨慎地问道。

"请先回答我的问题。"乔纳森坚持道。

"毒素测试报告并未得出什么实质性的结论。不过，如果你有足够的理由对此事表示怀疑，我还可以再组织一次更为深入的调查研究。"

不过，摩尔教授还是对下毒的可能性表示怀疑。他向乔纳森解释道，如果克拉拉真的被下了毒，那么一定是这种毒药使克拉拉的白细胞突变，变化后的白细胞会把血小板和红细胞都视为异体，并不断侵蚀着它们。

"两方的相互抗击将引发身体的自我毁灭。"教授总结道。

"这种现象的产生会不会是人为的结果？"乔纳森问道。

"这种假设也不是完全不可能的，这应该是一剂'量身定做'的毒药。要想研制出这种毒药，必须事先清楚地知道被害人的血液构成情况。"

"那可以清洗或更换她的血液吗？"乔纳森哀求地问道。

摩尔教授苦笑了一下。

"我们需要的毫升数可不少……"

乔纳森打断了他，并马上建议他可以抽取自己的血。他还补充道，自己的血型为A型阳性血。

"克拉拉是Rh阴性血型，和你完全不同。如果你们中有一人被输入了对方的血型，那这个人就会立刻死亡。"

摩尔说，他很同情他们的遭遇，但是乔纳森的建议实在不太可行。他答应乔纳森会马上联系血清学实验室，并请求相关研究员帮助自己破解毒素之谜。

"有些毒药是有解药的，坦白地说，我认为这是我们治愈克拉拉的唯一希望。"摩尔补充道。

时间在一分一秒地流逝着，医生其实已经做好了最坏的打算，却没敢说出他们的真实想法。在向摩尔道谢后，乔纳森一路小跑，来到走廊和彼得会合。乔纳森不让他的朋友问任何问题，并请求彼得为他照看一下克拉拉，他自己将在几小时后赶回来。如果克拉拉的病情急剧恶化，就请彼得马上打电话给他。

※

乔纳森跳上汽车驶向桥边。汽车在卡姆登大街上闯过所有的红灯，一路疾驰向前。他把车停在了人行道旁，随后便下车冲向二十七号。一个男人正巧牵着狗从大楼里出来，乔纳森趁机溜进大楼，走进了电梯。电梯到达后，他便猛敲走廊尽头的一扇大门。当爱丽丝为他开门时，乔纳森一把掐住她的喉咙，把她推向客厅的深处。满头银发的妇人撞在一张小圆桌上，和乔纳森一起摔在了地上。然而乔纳森依然紧紧地掐住她的脖子，妇人奋力反抗着，却无济于事。她试着呼吸，但她的这些努力总以失败告终。突然，妇人眼前出现了一块红纱，这块红纱遮挡了她的视线。就在她感觉自己快要失去知觉时，她喃喃自语道，自己有解药。乔纳森放开了她，空气总算重新回到了她的肺部。

"在哪里？"乔纳森一边怒吼，一边仍然把妇人压在地上。

"我丝毫不惧怕死亡，你也一定知道其中的原委。所以，如果你想要解救克拉拉，就必须改变现在的态度。"

乔纳森从她的眼神中看出她这次并没有说谎，于是完全放开了她。

"我其实正在等待着你的到来，但没想到你会来得这么快。"她说着，从地上站了起来。

"你为什么要这么做？"

"因为我很执着！"爱丽丝边说边拍了拍自己的衣袖，"克拉拉要对自己的所作所为付出代价。"

"你之前欺骗了我，克拉拉并不是兰顿爵士的大女儿。"

"确实如此。在我眼中，这又是她的一大罪状。在她的父亲去世以后，兰顿就正式收养了她。他待她就像是自己的亲生女儿，兰顿是克拉拉的恩人，然而，她盗取了那幅作品，并背叛了他。"

"是兰顿谋杀了弗拉基米尔！"乔纳森叫道。

"不，这并不是他干的。"爱丽丝·沃尔顿自信地说道，"我的丈夫只不过是一个债务缠身的可怜赌徒，他需要一个人来修正他的缺点，并帮助他摆脱破产的威胁。这些点子都是我出的，兰顿对此并不知情。"

"但克拉拉对这些陈年旧账都很清楚，因为她已经找到了弗拉基米尔当年的日记本。她没有背叛你的丈夫，她甚至都没有想过要报复你们，她所做的只是试着完成她父亲的最后一个心愿。还好，我们在你们即将要卖出这幅偷来的作品前，及时地制止了你们的行为。"

"这是你们所理解的版本，和我无关。但不要忘记，拥有解药的人是我。"

　　爱丽丝从上衣口袋里拿出一个小瓶子，瓶子里盛放着一种琥珀色的液体。她告诉乔纳森，不论克拉拉是活着还是死亡，医生都不可能检测出她倒在克拉拉酒杯里的毒药。要想拯救克拉拉，乔纳森就必须完全按照她的指令行事。他和安娜的婚礼将于明天举行，届时，波士顿上流社会的各界人士将会悉数到场。在这样的场合，她和安娜是无论如何也无法接受乔纳森突然取消婚约这一决定的，这对她们来说是莫大的耻辱。克拉拉和乔纳森已经让她的丈夫身败名裂，她无法忍受这一悲剧又在安娜身上重演。明天中午的时候，乔纳森必须如期迎娶安娜。在婚礼结束后，她将亲自赶往医院，为克拉拉送上解药。

　　"我为什么要相信你？"乔纳森问道。

　　"因为时间已经不允许你再有其他的选择了！现在，请离开我家。明天我们在教堂见。"

※

　　一束乳白色的光线照进了医院的病房里。彼得坐在病床旁。此时，一个护士走了进来，她想为克拉拉抽取新的血样。她拔掉滴管，在克拉拉的胳膊上先后插入六根管子，只见流入管内的鲜血越来越透明，渐渐褪去了原有的红色。等管子装满后，护士又重新拔出它们，用力地摇一摇，最后把这些管子都放在一只托盘上。等抽样工作结束后，她重新为克拉拉插入滴管，自己则摘下手套把它们扔进医用垃圾桶内。在她转身离去时，彼得飞快地从托盘上取走一支试管，并把它藏入了自己的口袋深处。

※

等乔纳森怒气冲冲地离开后，安娜从刚才藏身的储藏室里走了出来。她坐到一把扶手椅上，凝望着她的母亲。

"你现在做这些又有什么用呢？他立马就会提出离婚的。"

"我可怜的女儿，我还有很多事情要告诉你呢！明天，他将娶你为妻，人们是不能在上帝面前提出离婚的。在你们宣读誓言的时候，克拉拉将处于垂死的边缘，这两个瞬间交会的时刻，也是乔纳森破除维系两人誓言的时刻。这一次，他们将会永远地分离！"

爱丽丝打开盛放解药的小瓶子，并把里面的液体倒在了自己的手心里，用手在自己的颈部来回摩擦着。

"这是我的香水！"她欢快地说道，"我再一次欺骗了他！"

安娜站起身，一言不发地拿起自己的手提包走向了房门。她若有所思地看着自己的母亲，关上了大门。

"你同时也欺骗了我。"安娜说着，神色忧伤地离开了大楼。

※

乔纳森走进病房，彼得转身离开，留给两人单独相处的空间。

他坐到床上，把嘴唇放到了克拉拉的额头上。

"你看，我吻了你，但这次我们留在了现实世界里。"他声音沙哑地说道。

克拉拉微微地睁开了眼睛，她脸色惨白，却挣扎着说起话来。

"你要知道，现在我可没什么力气。"

她紧紧地抓住乔纳森的手，声音微弱地继续说道：

"我们甚至都还没有在老港口的码头边散过步。"

"我向你保证，我一定会带你去那里散步的。"

"亲爱的，昨晚我梦见了我们故事的结尾，现在到了该向你讲述的时候了。"

"克拉拉，省点力气吧，我求你了。"

"你知道当兰顿离开别墅的时候，我们在干什么吗？我们正在里面做爱，直到生命的最后一刻，我们都没有停止过做爱。"

她闭上眼睛，身体的痛苦使她暂时无法继续她的讲述。

"在领养我的时候，兰顿把我列为他的法定继承人。由于我们的不懈努力，我们偿还了债务，保全了别墅。我们一直相亲相爱，直到生命的最后一刻。当你离开人世的时候，我把你放到了杨树底下。在把《红裙女子》藏到阁楼之后，我便躺在你的身旁，等待着生命离我而去的那一刻。在这个唯一没有你陪伴的夜晚，我发誓就算在我死后也依然会爱你。不管你身处何方，我都会想方设法找到你。你看，我遵守了我的诺言，你也一样。"

乔纳森悲伤地抱住克拉拉，并把头埋在了她的肩膀上。

"我求你不要再说了，好好休息吧，亲爱的。"

"乔纳森，你永远也不会知道我有多爱你。没有你的陪伴，生命就变得毫无意义。我觉得我的时间可能不多了。最近的这几周是我今生最美妙的时光，没有什么比你带给我的幸福更为可贵了。请答应我，从现在开始你也要幸福。我希望你活下去，乔纳森，永远也不要放弃追求幸福的权利。从你眼中，我看到了很多美好的事物。也许某一天，我们还会再相遇。"

乔纳森的眼睛里充满了泪水。克拉拉用尽最后的力气，抬起手，轻拂着他的脸颊。

"把我再抱得紧一些，我好冷。"

这是克拉拉所说的最后一句话。她慢慢地闭上了双眼，神情也渐渐地平静下来。此时，她的心跳已经很微弱了。乔纳森寸步不离地守候了她一个晚上。他抱着克拉拉，并温柔地摇动着她。整个夜晚，他都和克拉拉同呼吸，共命运。在黎明破晓之际，克拉拉的身体状况每况愈下。乔纳森给了她长长的一吻，随后便从床边站起身来。在离开病房以前，他转过身，喃喃自语道：

"我不会让你就这么离开的，克拉拉。"

门被关上以后，从克拉拉皮肤里渗透出来的血液浸染到了床单上，床单像是被染上了一种红色颜料。她的长发散乱在脸颊四周。阳光从窗户里透进病房，整个房间就像是幅巨大的《红裙女子》。

※

彼得来到了走廊上，他搭着乔纳森的肩，和他一起来到了热饮售货机旁。他往机器里投入一枚硬币，在浓缩咖啡的按钮上点了一下。

"我想，你和我一样都需要它。"他说着，把咖啡递给了乔纳森。

"我感觉像做了一场噩梦一样。"乔纳森说道。

"我希望你在噩梦里看到了我的身影，因为我也有类似的感觉。"彼得叹了一口气，说道，"我刚才给我的一位警察朋友打了一个电话，并通过联邦快递寄给了他克拉拉的血样，我是从护士那里设法弄到这份血样的。我的朋友将会用最优秀的技术警察来调查这起案件，我向你发誓，这个败类这次是逃不掉了。"

"你向你的警察朋友到底说了些什么？"乔纳森问道。

"事情的来龙去脉。我甚至还答应寄给他我们做过的笔记，还有弗拉基米尔日记的副本。"

"他难道没有想把你关进精神病医院吗？"

"别担心。一直以来，皮尔盖专门处理稀奇古怪的案件。几年前，他向我讲述了一些发生在旧金山的案件，和这些案件比起来，我们的故事简直算是再正常不过了。"

乔纳森耸了耸肩，走向了出口处。当他慢慢走远的时候，彼得叫住了他。

"一会儿，我将站在你的身旁，不要忘了，就算你们的故事听上去匪夷所思，然而，在我们救活克拉拉的那一刻，我也一样会是见证者。"

※

圣司提反教堂里座无虚席，波士顿上流社会的各界人士在这里济济一堂。婚礼期间，两辆警车封堵着克拉克大街的入口处。彼得已经入座，看上去一脸阴沉，乔纳森坐在他的右边。这时，管风琴开始演奏，所有的人都转过身去。只见安娜拖着长长的裙摆，在她母亲的搀扶下正缓缓走向圣坛，沃尔顿太太是她的证婚人。婚礼将在十一点准时开始。爱丽丝在她女儿的左边坐下，朝彼得微笑了一下。看得出，她此时心情很好。

※

　　摩尔教授走进了克拉拉的病房。他走向床边，把手放到了她的额头上。克拉拉仍然高烧不退。他坐到床边，怜惜地叹了口气。他从床头柜上拿了一张纸巾，擦去了从克拉拉鼻孔里流出的鲜血。随后，他站起身，调整了一下输液的流量。做完这一切后，他心情沉重地走出了病房，轻轻地关上了房门。克拉拉睁开眼睛，痛苦地呻吟了一会儿，又昏睡过去。

※

　　婚礼已经进行了将近半小时，此时神父准备让两个新人相互交换誓言。他转向安娜，对她微笑了一下。然而，安娜并没有看着他，而是双眼含泪地凝望着她的母亲，低声说道：

　　"对不起。"

　　随后，她注视着乔纳森，一把抓起了他的手。

　　"你虽然救不了她，乔纳森，但你还可以为你们两人做些什么！"

　　"这是什么意思？"

　　"你很清楚这话的含义。快点离开这里吧，要不就真的晚了。你虽然拯救不了她的生命，但你仍然可以与她重逢，快走吧。"

　　当彼得和乔纳森冲向出口时，整个教堂里都能听到爱丽丝·沃尔顿怒吼的声音。神父的双手还未放下，所有在座的嘉宾就已经站了起来，跟着乔纳森和彼得一起走出了教堂。在教堂前的空地上，彼得呼唤了一位靠在警车上的警官。

　　"我秘密地为旧金山侦查队的警官皮尔盖效力，你可以在路上核实我所说的一切，现在请马上把我们送往波士顿纪念医院，这是关乎生死的一个问题。”

车里，两个朋友都一言不发。车上的警报器使他们一路畅通无阻。乔纳森把头靠在车窗上，泪水模糊了他的双眼，他看着远处老港口上的起重吊车。彼得让他靠在自己的肩头，并紧紧依偎着他。

当他们到达克拉拉病房的时候，乔纳森转向他最好的朋友，久久凝望着他。

“你能答应我一件事吗，彼得？”

“随便你提什么要求，我都会答应你的！”

“不管这要花去你多少时间，你也一定要为弗拉基米尔正名。答应我，不论发生什么，你都会坚持到底。这同样也是克拉拉的愿望。”

“我答应你，让我们一起去完成克拉拉的这一心愿吧，我是不会轻易放弃的。”

“你需要独自完成这一使命，伙计，我可能不能再陪伴你了。”

说完，乔纳森轻轻地打开了房门。房间里一片昏暗，只听得见克拉拉微弱的呼吸声。

“你想离开波士顿？”彼得问道。

“从某种程度上来说，你可以这么认为。”

“你准备去哪里？”

乔纳森一把抱住了他的朋友。

“你知道吗，我也曾经答应过克拉拉要带她沿着码头散步，不过这可能要等到来世了……"

说罢，他走进病房，关上了房门。彼得随即就听见了乔纳森反锁大门的声音。

"乔纳森，你要干什么？"彼得担忧地问道。

他不断敲击着房门，可他的朋友始终都没有应答。

乔纳森坐到了克拉拉的身旁。他脱下外套，卷起了衬衫的袖子，然后从输液袋上拔出针头，把针插向了自己胳膊，输液管把他和克拉拉联系在了一起。当他躺在克拉拉身边的时候，克拉拉的血液开始慢慢地流入了乔纳森的静脉里。他抚摸着她苍白的脸庞，把嘴凑近了她的耳边。

"我爱你，我一刻也无法停止爱你的脚步，因为我既不知道如何才能不爱你，也找不出不爱你的任何理由。我就是以这样一种方式爱着你。如果你不在了，我也无法活下去。"

乔纳森把嘴唇放到了克拉拉的嘴上，最后一次亲吻了她。

※

秋天悄然而至。彼得独自走在露天市场的石子路上，突然他的手机响了。

"是我。"电话另一头的声音说道，"我们已经抓到她了。我曾经答应你要动用全国最出色的专家来调查此案，我遵守了承诺，现在我们已经发现酒里的毒素了。我还找到了当时目击了全过程的服务生，他一下子就认出了沃尔顿太太。我总习惯把最好的消息留到最后说：沃尔顿太太的女儿也愿意出庭作证。这个老太婆将在监狱里终老。你什么时候来旧金山拜访我？娜塔莉亚见到你会很高兴的。"皮尔盖补充道。

"我答应你，圣诞节前一定来看你。"

"你打算如何处置那些作品？"

"我将信守我许下的诺言。"

"我还要告诉你一件事，但我发誓我绝不会把这件事声张出去。我应你的要求，比较了作品上血迹的DNA和那个被害女孩的DNA。"

彼得一下停住脚步，屏住了呼吸。

"DNA实验报告显示，两人是直系亲属关系。换句话说，作品上残存的正是被害人父亲的血液。但根据你提供给我的时间来看，似乎并不符合逻辑！"

彼得挂断了电话。他抬起头，眼里满是泪水，他朝着天空又哭又笑地喊道：

"我想念你了，伙计，我想念你们两个了。"

随后，他把手伸进口袋，重新上路。在经过码头的时候，彼得不由得微笑了一下。

彼得走进自己的住宅小区，碰到了在门口等着他的詹金斯，只见在他的脚边放着两个箱子。

"你好吗，詹金斯？"彼得问道。

"我真不知道该如何感谢你为我提供了这次旅行的机会。我毕生的梦想就是有一天能够踏上伦敦的土地。这是我收到过的最美好的礼物。"

"你是否记下了我上次告诉你的地址和电话号码？"

詹金斯点了点头。

"祝你一路顺风，我亲爱的詹金斯。"

彼得一边说一边微笑着走进了斯泰普尔顿小区。詹金斯再次向彼得挥手道别，他钻进了一辆出租车，汽车带着他向机场驶去。

重逢

夫人，我们观察你很久了，我想，是到了
兑现我们的承诺的时候了。

圣彼得堡，数年以后……

夜幕已降临，几分钟后，艾尔米塔什博物馆就将停止营业。在弗拉基米尔·拉德斯金大厅参观的游客开始慢慢向出口走去。一个工作人员向他的同事打了一个手势。很快，两个穿着制服的工作人员便走向了一对正要离开的年轻夫妇。他们瞅准时机便上前请求这对夫妇跟他们走一趟。在两个保安礼貌地一再坚持下，这两个游客虽然很茫然，但仍然同意了保安的请求。在保安的护送下，这对夫妇穿过一条长廊，走进了一扇隐蔽的小门里。他们疑惑地登上楼梯，向楼房的深处走去。最后，保安把他们带入一间大办公室，并请他们坐在一张会议桌旁。没过多久，一个大约五十岁的男人走了进来。只见他穿着一套笔挺的西装，径直坐到了两人的对面。随后，他在桌上摆上了一份文件，一会儿看看文件，一会儿又看看这对年轻的夫妇。

"我不得不承认，我很震惊。"他操着几乎没有口音的英语说道。

"我想知道，你找我们有什么事吗？"那个年轻的男人问道。

"短短的一周内，这是你们第三次前来欣赏弗拉基米尔·拉德斯金的作品了，不是吗？"

"我们都很喜欢这位画家。"那个女士回答道。

此时，尤里·叶戈罗夫开始做起自我介绍，他是艾尔米塔什博物馆馆长，他很高兴能在自己的博物馆里迎接他们的到来。

"那幅你们下午欣赏了很久的作品名叫《红裙女子》。在一个美国拍卖师的不懈努力下，这幅作品通过一次精细的修复工作已经完全恢复了它本来的面貌。也正是这位拍卖师向我们捐赠了拉德斯金的五幅作品。这一系列作品的价值简直无法估量，如果单凭我们自己的能力，一定无法凑齐这些作品。多亏了这个慷慨的拍卖师，那位俄国画家的作品才得以在这么多年后回到自己的祖国。作为回报，我们答应了这个拍卖师的一个奇特请求。我的前任已经退休好几年了，现在轮到我来完成这一使命了。"

"什么使命？"这对夫妇齐声问道。

博物馆馆长在回答前，把嘴埋在手心里轻咳了几声。

"彼得·格温先生请求我们，如果哪天在《红裙女子》跟前发现了一位女士和画中女人有着神似的脸庞，就拜托我们递给她身旁的男人这封由他亲笔写的信。夫人，我们观察你很久了，我想，是到了兑现我们的承诺的时候了。"

博物馆馆长打开文件，递给这对夫妇一封信。那个年轻的男人打开了信封。在读信的时候，他不由自主地站起身，开始在房间里踱起步来。

　　读完信后，他折起信纸，一言不发地把它放到了自己上衣的口袋里。

※

　　随后，他双手交叉放到背后，眼睛眯成一条线，嘴角露出一丝淡淡的微笑……从那天起，他就再也没有停止过微笑……

（全书完）

在此感谢 |

娜塔莉·安德烈，斯泰法妮·巴塔耶，卡迈勒·贝尔卡内，安托万·卡罗，弗朗索瓦·基里埃尔，玛丽·德吕克，朱丽·迪帕热，纪尧姆·加利埃纳，西尔维·让德龙，菲利普·盖，埃蒂安·赫尔曼，卡特兰，阿沙，马克&凯丽，玛丽·勒福尔，索菲·勒费弗尔，雷蒙和达尼埃尔·莱维，让-皮埃尔·莫昂，波利娜·诺尔芒，玛丽-夏娃·普罗沃斯特、罗贝尔和洛尔·泽格。

伦敦法语书店，
罗贝尔·拉丰出版社全体同人，
法国博物馆文物研究与修复中心，
佳士得拍卖行，
和
苏珊娜·李和安托万·奥杜阿尔

您可在以下网站搜寻到所有关于马克·李维的消息

www.marclevy.info

图书在版编目（CIP）数据

在另一种生命里 /（法）李维（Levy，M.）著；杨亦雨译 . —长沙：湖南文艺出版社，2015.8
ISBN 978-7-5404-7185-9

Ⅰ . ①在… Ⅱ . ①李… ②杨… Ⅲ . ①长篇小说 – 法国 – 现代 Ⅳ . ①I565.45

中国版本图书馆 CIP 数据核字（2015）第 115485 号

著作权合同登记号：图字 18-2015-054

La Prochaine Fois by Marc Levy
Copyright © 2004 Editions Robert Laffont / Susanna Lea Associates
Published by arrangement with Susanna Lea Associates through Bardon-Chinese
Media Agency
Simplified Chinese translation copyright © 2015 by China South Booky Culture Media
co., Ltd.
ALL RIGHTS RESERVED

本书中文译稿由上海译文出版社授权

上架建议：畅销外国文学

在另一种生命里

作　　者：[法]马克·李维
译　　者：杨亦雨
出 版 人：刘清华
责任编辑：薛　健　刘诗哲
监　　制：蔡明菲　潘　良
策划编辑：马冬冬
特约编辑：张思北
版权支持：辛　艳
营销支持：刘宁远　李　群
版式设计：李　洁
封面设计：棱角视觉
出版发行：湖南文艺出版社
　　　　　（长沙市雨花区东二环一段 508 号　邮编：410014）
网　　址：www.hnwy.net
印　　刷：三河市鑫金马印装有限公司
经　　销：新华书店
开　　本：880mm × 1230mm　1/32
字　　数：180 千字
印　　张：8
版　　次：2015 年 8 月第 1 版
印　　次：2016 年 1 月第 2 次印刷
书　　号：ISBN 978-7-5404-7185-9
定　　价：36.00 元

质量监督电话：010-59096394
团购电话：010-59320018